單獨的存在

林黛嫚／著

傷痛是一個水池，靠近它的物品都會被吸納進去，以致水池越來越飽滿結實。表面上平靜無波，用小石子輕輕投入，卻激起漣漪不斷，一圈一圈的，那低調的姿態，彷彿正和心靈深處的回憶對話。

第一章　祕密

1

祕密要成為祕密，不被發現或公開，到底要存在哪些要件？

祕密的本質？如果只是，我告訴你喔，巷口那家雜貨店的老闆娘每天麵包剛出爐前都會在店的後門口抽一根菸，雖然不是什麼大不了的祕密，不過我想她一個人站在門扇半掩的後門口抽菸，大約也是不想被人看見吧，所以你還是別說出去。

或者是，告訴你一個祕密，前兩天我開車上班，要上高速公路前，發現很多車走另一條小路，我好奇跟上去，結果你猜怎樣？從那條小路上去居然可以進入休息站，然後上高速公路，剛好躲過一個收費站，以後我每天都要走這條路，一個月可以省下不少通行費呢。我只告訴你，別讓太多人知道，要是大家都走那條路，通路被封起來，大家都別走了。

還是，我們公司員工餐廳漏開發票被國稅局開罰單，你知道是誰去檢舉的嗎？我知道……誰叫那個工讀生每次秤自助餐算錢總是多五到十塊，我排隊結帳都會注意是不是排在他那一排，一定是每次結帳時都對他大呼小叫那個企畫部新來的，我看到他偷偷摸摸在打公共電話，這年頭人家都有手機，還有誰會用公共電話？第二天稅捐處的人就來了。

也可能是，你不是爸爸媽媽親生的孩子，某一個暴風雨夜，咆哮的風雨聲中夾雜著嬰兒的哭聲，打開大門就看見用舊報紙包裹著的你，全身都濕透了卻還活得好好的，不過，我們可都不打算告訴你這個祕密……

掩著口，找個陰暗的角落，左顧右盼遮遮掩掩，有人靠近就噤口，這樣傳播的訊息不見得真是祕密，像前面說的這些，本質上也稱不上祕密，連滿足好事者的好奇心都不能，真正的祕密若要不被發現，關鍵是知道這個祕密的有多少人，只有一個人知道的祕密永遠不會揭穿，只要當事人守護這個祕密。如果是兩個人，三個，甚至四個人一起保守的一個影響五個人的人生的大祕密呢，能不能守得住？

事情發生時，雖然沒有人親自說出口，不過大家都知道這個祕密必須永遠埋藏起來。永遠是多久？當時芷悅就想，應該是一輩子吧，至死方休。即便如此，芷悅或者也有其他人如哲欣並不認為這件事不會被發現，也許一年、兩年瞞得住，五年，十年呢？他們幾個都不說出去，就不會有人查出真相嗎？

真的守得住嗎，這個祕密？

沒想到，居然二十年過去了。

2

站到穿衣鏡前，芷悅總是閉著眼睛，要過個幾秒，也許是心中默數「一……二……三……」到五或六之間的時間，才能睜開眼睛。這是什麼時候養成的習慣已經記不得了，說不定她第一次照鏡子時不知不覺就這樣做了。

芷悅總是認為鏡子裡會出現一個陌生人的樣子，和她的認定不一樣，因此會被驚嚇到。不只是自主去照鏡子時，只要是光可鑑人的物品，總是會讓她害怕，一次又一次。譬如停在紅綠燈前，一部遊覽車開過來，那發亮的車身現出一個人的樣子，跟著碩大的車身在你眼前瞪著你，慢慢離開；或是電梯門打開，空無一人的電梯卻有一個人正看著你；甚至有時候，倒一杯水，黑色水杯內的透明液體中也有一張臉……這種心理很不正常吧，每個人照鏡子時都知道正看著的是自己的臉，於是剔剔牙或擠擠青春痘或看看眉毛畫得如何，或者扮鬼臉運動運動臉部肌肉，那張臉是從有記憶起就看熟了而且會隨著歲月不斷更新的長相，那麼又怎麼有人會被驚嚇到？

芷悅一直希望自己是正常的人，正常的意思不是指有三隻手或只有一個鼻孔那種畸形以致不正常的對立面，身為一個人，擁有頭、身軀、四肢，能看得見、聽得到、能動能吃是最基本的，所以她所謂的正常是，一大群中學生人蹲在操場上進行體檢或身世調查，不管男男女女胖胖瘦瘦，麥克風問道，有爸爸媽媽的站起來，體重在四十公斤到六十公斤的女生站起來，知道水牛長什麼樣子的人站起來……不管是什麼稀奇古怪的題目，芷悦永遠不會一個人站著的那種情況，對她來說才算正常。

當芷悦睜開眼睛，鏡子裡的人她認識，並不是陌生人，和她預期的樣子也差不多，然後她才能安心。其實她所謂被驚嚇到的事一次也沒發生過，她只是總以為，鏡子裡會出現一個陌生人。既然「所謂被驚嚇到的事一次也沒發生過」，那麼這種事就不該成為問題，而繼續困擾著芷悦的生活，但是她仍持續著隨時會被驚嚇而擁有的心理準備，只因為她不是一個正常的人，至少她自己認為不是。

芷悦的外形沒有什麼不正常，五官安好，四肢健全，智商也在正常數值之上，聽得見，會説話，瘦了點，身高接近同齡人的標準，除了頸部以上的皮膚有點超齡之外，看不出任何不正常。

頸部以上肌膚超齡是怎麼一回事？就是説臉上的皮膚缺乏光澤，而且皺紋略多了些，抬頭紋、眼尾紋、笑紋都明顯，尤其是頸部，從少女時就有好幾條很深的紋路，頗像燙出來的衣服皺褶。她自己完全不在意，但是那些愛美的嬸嬸阿姨們總是一眼就看到，有一個待人很熱誠、嘴巴很甜，每次來家裡，總要跟人緊緊擁抱的廖阿姨，曾經跟她說，「哎喲，你這是娘娘命喔」，她心裡想，脖子皺紋多和當娘娘的命格有什麼相關？於是她自己研究，應該是芷悅從嬰兒期一直到上小學前都長得胖嘟嘟了，後來換牙不順，導致食欲大減整個瘦下來，驟胖驟瘦的結果造成皮膚鬆弛、皺紋明顯，這個理由比較有科學根據吧。

芷悅認為的不正常，就是像這方面，一個絲毫不需在意的小事也會十分認真去理解是怎麼一回事，然後當那個熱情的廖阿姨下一次又摟著她時，她等那像鉗子般鉗著的兩隻手鬆開時，會突然冒出一句，「你上次說我這脖子上的紋路顯示是娘娘貴命，我查過資料了，沒有這個說法」，這種話說出來，一屋子人都楞住了，最後也不曉得是誰出來打圓場，化解尷尬。成人的世界不是實話實說，總是要顧慮到話說出口的後果，於是每一個心思都得繞好幾個圈、打好幾個結，芷悅這種常常不假思索直話直說的個性，果然是不正常吧。更重要的是，在芷悅身邊那些年齡可以當她媽媽的嬸嬸阿姨們，應付芷悅的目的都只是為了接近爸爸，不會有人告訴她真話，如果有個人當著她的面，丟下一句，「你這個怪胎！」說不定芷悅就會像魔咒解除的青蛙變回王子般，變正常了。

3

那個夏天怎麼會變成那樣一個夏天，她一直想不明白，到底那個契機是什麼？

所謂的芷悅「想要的正常」，也是在發現自己有一種特別的「能力」時。那說不上「能力」，頂多是「特質」，不過在她和哲欣說過這種感覺，而哲欣誇張地大喊一句「超能力耶」。原本不覺得那有什麼特別的，甚至有時也並未察覺到，可是在和自己以外的人說過之後，當那種感覺發生時，就變得是有意識的。

怎麼說呢，那種「特質」就是好像她有一種會事先感覺到有什麼事情要發生的能力，譬如說爸爸在前一晚的飯桌上多吃了半碗飯，夾菜的頻率多了點，她就想到隔天是不是有哪個漂亮的阿姨會到家裡來，第二天果然放學回到家看見客廳多了一盒禮品，水果或是糖果，而爸爸的房間有細微的聲響；又或者說運動會大隊接力，哲欣代表去抽籤，芷悅跟哲欣說，「最好抽中第二跑道」，哲欣還不高興地說，「不會自己去抽」，等到抽籤回來，哲欣拉著她又叫又跳，說「你真是神準啊」，後來他們班大隊接力果然跑了第一名；還有，芷悅五歲時感覺到母親會離開這個家，然後在她上小學成為新生的那一天，母親送她上學，放學時卻是父親來接，回到家，家裡所有屬於母親的個人物品都消失了；還有還有，她可以鉅細靡遺記得自己一天中經過哪些地方、做過哪些事，包括上課時在想些什麼、走在每天走慣的上學放學路上遇見什麼人、馬路邊的花圃這段時間開了哪些顏色的花、中午吃便當時和鳳妃在聊些什麼話……這一類大部分人轉眼就忘了的事，她可以過一個星期還記得清清楚楚。

也許，芷悅不過是記憶力特別強，記得一些生活小事也不是什麼了不得的「能力」；感覺爸爸心情好於是聯想到隔天他約了女友，也不過是觀察力比較敏銳，至於說想抽到二號籤，那是湊巧而已，說不定不管抽到第幾跑道，他們班都會拿冠軍，畢竟他們前一屆也是冠軍；小女孩對母親有天生強烈的占有欲，而且以周家的生活狀態，芷悅認為母親是她一個人的，時時擔心這狀況會改變，也是很有可能的。

那麼，一切不過是碰巧、剛好而已。只有芷悅心裡明白，會記得哪些生活小事，那是因為忘不掉，她眼睛經歷過的每一個畫面，腦子裡閃過的每一個念頭，都像不會褪色的照片一樣，牢牢地攀著她，甩都甩不掉；至於那些莫名的、強烈的、事後也成真的預感，就算是巧合吧，發生在她身上巧合得無法解釋的事情特別多。

偏偏她對那個夏天將要發生的事一點預感也沒有，甚至完全沒有察覺那是一個會改變所有人的夏天。

4

春天快要過完時，再過兩個月，考完高中聯考，和他們一樣的十五歲少年、少女就要開展人生的新階段，不管大考結果如何，夏天過完，他們的人生都會不一樣。芷悅和哲欣是校排前幾名，應付功課並不難，沒有什麼壓力，鳳妃辛苦些，不過她並不想讀明星高中，接著考上明星大學，然後過著不一定「明星」的人生。對於聯考結果她不十分在意，反正一定有學校讀，命運安排到哪裡，順著走就是了。

這是她們這個小圈子共同的氣氛，考試還如火如荼，她們已經在計畫暑假要做什麼了。

整天躺著睡大頭覺，什麼也不做？家裡人不會同意吧，頂多忍耐兩天，第三天就會被轟出房間；去環島旅行，坐火車、公車或騎腳踏車？那也只能耗去一兩個星期，而且三個小女生自己出遠門，在那個年代還是很危險的事；打工吧，不知是誰先說的，打工是個好主意，反正讀哪個高中，拚下一次聯考，都是開學以後的事，去打工賺點零用錢，可以買自己一直想買可家人不肯給錢買的東西。對，就這麼辦，剩下的問題只有去哪裡打工，打什麼樣的工？

國中畢業的暑假，對每一個青少年來說，都是不一樣的夏天，只不過芷悅不但沒有預感到這是一個不一樣的夏天，她也沒預感到影響她們一生的，正是「打工」這件事。

那天直到放學時，鳳妃才拿出一張紙，那神神祕祕的樣態，讓哲欣意會到有好玩的事，於是一把從她手上搶過，差一點那張紙就遭到分屍。

「這是什麼？」哲欣邊看邊問。

「某某製鞋公司誠徵男女作業員，無經驗可，需有心學習，國中以上畢業，薪酬從優，男性需役畢，意者請於上班時間親洽人事課」，哲欣邊看邊念。

鳳妃說：「我鄰居姊妹都在這家公司工作，我跟她說暑假想打工，隔天她就拿了這張宣傳單給我，這是大公司，福利好，工作環境相對安全，只不過她說，不曉得收不收暑期工讀生吶。」

是啊，芷悅想起了這家公司好像曾經到學校來應徵人，記得好像是上個月，兩位穿著淺藍色制服的男女，利用開班會時間，一班一班走進去開說明會，他們班是升學班，走到他們班門口，就直接跳過。芷悅正好幫導師送東西到隔壁班，聽到那個男生操著腔調重的國語正在說，「我們公司對地方就業提供很大貢獻……」。這件事芷悅也對哲欣和鳳妃說了。

「可是人家不招暑期工讀生啊！」哲欣懶洋洋的語氣，她對打工賺錢充滿鬥志與熱情，這可是和她規律安全得像無菌室般毫無風雨的生活完全不搭調的事，但是一想到是去工廠當女工，她就興趣缺缺，她想像的工作環境是裝潢高級的辦公室，室內冷氣強颼颼的讓人連大熱天的都要穿外套，還有下午茶間讓員工享用免費的咖啡和點心，「在那種地方上班，就算是當一個送信小妹也可以」，哲欣曾經這麼說，所以一聽到是做運動鞋的工廠，她就擺出一副最好人家不要工讀生的模樣。

「有辦法可想的啦，人家我那鄰家大姊姊人很好，她告訴我，只要堅持自己不升學了，不是暑期工讀，就可以當正式員工，只不過，還有三個月試用期，反正我們只做兩個月，試用期還沒到，就說拜拜了。」鳳妃連這一點都想到了，看得出是意志堅定。「我的問題不大，倒是你們兩個，如果公司裡有人有心去查榜，看到考上第一志願的人說不繼續升學，謊言馬上就被揭穿了，所以你們倆還得想個堂皇的理由呢。芷悅，你怎麼說？」

「我覺得可以去，至於細節再想想。」芷悅一向是他們這小圈子的意見領袖，從小一塊兒長大，而且很幸運都分在同一班，已經是九年同窗的「摺紙飛三人組」，早就發現什麼事聽芷悅的準沒錯，而芷悅也從沒讓她們失望，總是做出事後看來正確的決定。

這一次，她絲毫沒有感覺到去廣隆製鞋廠工作會是錯誤的決定。

5

畢業典禮後一星期就是大考，大考結束，暑假就開始了。

這天下午廣隆製鞋廠有個招工會，鳳妃跟鄰居姊姊打了招呼，請她代為引介，於是她們到報到處填資料時，那個人事室的人一看到她們的名字就說，「喔，你們是淑敏的鄰居，她跟我說過了。」

完成人事資料登錄，立即上工。今天來應徵完成報到的作業員約有十來位，他們被引到一間會議室等候。鳳妃神情自若，她一向膽子大，說起言不由衷的話面不改色，哲欣和芷悅則面色凝重，臉上的皮膚因緊繃而顯得蒼白。當那位自稱是謝小姐的人事專員問哲欣可能考上哪個學校時，哲欣說，不重要，她不升學的，因為媽媽身體不好，想早點就業，減輕家裡經濟負擔。除非功課不好，大部分應屆畢業生都是這個理由吧，想出來工作賺錢，負擔家計，這對十五歲的少男少女來說是多麼沉重的負擔。

他們在會議室等候約半個小時後，走進來一個身材壯碩、膚色黝黑，兩道濃眉像毛毛蟲盤踞在額頭的人，這是張組長。他看看手上的一疊資料，開始念名字，某某，某某你們到車工組；某某，某某，你們到繫帶組；某某，某某到裝箱組，某某去倉庫報到……

鳳妃跟哲欣去了車工組，芷悅在裝箱組，鳳妃臨走時，用嘴型無聲地跟芷悅傳達了訊息：中午吃飯時見，拜拜。

第一天上工，三人都沒準備便當，還好有員工福利社可以買東西吃，鳳妃買了波蘿麵包、三明治和牛奶，三人拉了手躲在兩棟廠房之間的防火巷，坐在石階上用起午餐。

「好好玩喔，我一上午光學怎麼操作車縫機，教我的那個大嬸人很好，技術也很高明，我還問她，做這個工作多久了？意思是我要學多久，才能跟她一樣厲害，她笑笑不回答我，後來我偷偷問旁邊另一個姊姊，她告訴我，美玲姊在這兒十幾年了。」

「你運氣好，教我的那位大姊一張臭臉，都不說清楚，只是說，就這樣，就這樣，就不管我自顧去做她自己的事了，我哲欣是什麼人物，這一點小事哪難得倒我，我一下子就上手了，可惜組長說我還得當兩天練習生才能正式上機。」

對於這個不同於讀書學習的「作業員」工作，實在是太新鮮好玩了，鳳妃和哲欣你一言我一語說個不停，過了一會兒才想到問芷悅，「欸，你怎麼樣？上午那個人事專員問你為何不升學，你怎麼回答？」

是啊，怎麼還沒人想到問芷悅這件事呢，哲欣可是直到此刻想到對謝小姐說謊到現在心口都怦怦跳，唯恐當場被揭穿呢。

「她沒問我。」

「怎麼可能？」

「因為我不是應屆畢業生。」

「什麼？」哲欣和鳳妃睜大了眼睛，一副完全不懂「不是應屆畢業生」是什麼意思的表情。

「我不是周芷悅，我是周紫月。」芷悅用手指蘸吃剩的沙拉醬在水泥地上寫著

「紫月」兩個字。

芷悅不是獨生女，她有個大她兩歲的姊姊，這是一個祕密，連芷悅都不該知道的祕密。

一般小孩什麼時候開始會思考？一歲、兩歲？還是三歲？不曉得有沒有專家的研究報告，不過芷悅知道自己什麼時候開始會思考，很早，比她會開口叫爸爸媽媽還早。說不定她和媽媽從醫院回到家，媽媽把她放在一個籐製的嬰兒床，用一床淺粉紅色的蚊帳罩住，她睜開眼睛，看見蚊帳底下掛著的會旋轉的玩具吊飾開始，她就已經開始思考，這是什麼東西？這是什麼地方？那個常常抱著我叫我芷悅的人是誰？

芷悅要到媽媽離開後，在探索媽媽離開的原因時，才開始覺得她和媽媽的關係可能不太正常。換句話說，在周家，周媽媽是個奇怪的媽媽，對女兒芷悅的行為是很奇怪的，然後這樣的周媽媽讓芷悅也變成一個古怪的小孩。

怎麼說不正常呢？媽媽對芷悅很疏遠，不太理會她，也很少抱她，除了芷悅還拿不住奶瓶的階段會抱著她餵奶，等到芷悅長到可以自己拿著奶瓶喝奶之後，就直接把泡好的牛奶塞在芷悅手裡，讓芷悅自己喝，喝完奶瓶一丟，睡著了。芷悅自己在嬰兒床裡長大，長大到會翻過嬰兒床，在地板上爬行，然後會坐會站，這些過程，媽媽都沒有興趣參與。芷悅在地板上爬行，牙牙學語時，媽媽坐在梳妝台前照鏡子和發呆；芷悅扶著牆一步一步走到廚房找媽媽時，媽媽在燒菜，轉頭看了她一眼，又繼續燒菜；芷悅對有顏色的圖書感興趣，自己從客廳的桌几下拿出一本雜誌來翻閱圖片時，媽媽看見了，拿了一本適合兒童看的繪本換走她手上的財經雜誌，如此而已。

倒是爸爸常常抱芷悅、逗她玩，把她舉得高高的，一圈圈旋轉，讓芷悅高興得發出咯咯咯的笑聲。只有那一刻，這個家才像是一個家有小孩的正常家庭。

媽媽在芷悅上小學時離開家，因為和媽媽的關係是那麼疏遠，這個家少了媽媽感覺也沒有那麼不習慣。只有在看到別的同學和媽媽的互動時，芷悅才會想一下，大部分人的媽媽是那個樣子，原來自己和媽媽不太一樣。

媽媽走後，屬於媽媽的東西不在了，只剩下一張梳妝台，芷悅覺得自己想念媽媽時，就去坐在梳妝椅上，想像媽媽照鏡子的樣子。原本芷悅是怕照鏡子的，卻只有不怕坐在梳妝台前照鏡子，因為她正希望鏡子裡出現媽媽的臉，即使一次也沒有，還是自己那張單眼皮、窄窄的鼻梁，眼神中透露不安與不解模樣的臉。就在她幾乎要忘記媽媽長什麼樣子，連坐在梳妝台前也想不起來的時候，她不小心發現了這個驚人的祕密。

那次她坐在鏡子前梳頭，梳子不小心滑落，她低頭撿拾時，發現抽屜夾縫中有一角紙片，從一角慢慢拉，拉呀拉，抽出來是一張大紙，原本是摺成三摺的，現在攤平了，只留下把這張大紙分成三等份的兩條摺痕，最右邊正中央大大的四個字「戶口名簿」。芷悅在這張紙上發現了連她也不該知道的祕密。

這個故事太長，中午休息時間說不完，芷悅只簡短說了，她冒用了姊姊周紫月的身分，出示那張雖然陳舊但保存得很好的戶口名簿，紫月已經十七歲了，國中畢業後在叔叔開的自助餐店幫忙了兩年，現在想試試在大公司裡工作，有勞保、有福利、有同事，爸爸和叔叔看她身體瘦弱，本來還不肯讓她來應徵呢。這個說法很有說服力吧，那個謝小姐沒多問什麼就在人事資料上蓋了章。

6

芷悅身量纖瘦，說是身體不好很多人會相信的，這可能也是她被分到裝箱組的原因。相較於哲欣、鳳妃車縫的工作，芷悅的工作更不需要動腦筋，她做的是最後一個步驟的工作，所有檢驗過的成品在紙盒裡，就像在百貨公司販售的高檔樣品一樣完整，同一型號、同一尺碼的球鞋放在一個架上。芷悅這一組人的工作就是把鞋盒放到大紙箱裡，橫排四個、直排六個、高五層，一箱裝一百二十雙。芷悅只需要墊高、彎腰、墊高、彎腰如此擺放貨品，比機器人還像機器人。等到大箱子有一定數量了，便用推車運到倉庫存放。芷悅最喜歡這個部分的工作，打工的第一天，因為去了一趟倉庫，讓芷悅有繼續工作下去的興趣與勇氣。

下工時刻，公司的大門全開，從各個廠房湧出的男女作業員，有的走路，大部分是騎腳踏車，三兩成群魚貫地走或騎出大門，流散到大馬路上，再返回到小鎮的一個角落。那個到學校去招工的張組長，正好是芷悅這一組的主管，當時說的話沒錯，「廣隆製鞋廠對地方就業貢獻很大」，多少男男女女在這兒辛勤工作掙一份薪水，養活一大家子人。

這個時間，應該直接回家，沖洗沖洗，換件乾淨衣服，再過一會兒就可以吃晚飯了，但是對三個昨天還是國中學生的女孩來說，這一天值得紀念，如果就這麼回家，結束代表新生活的關鍵時刻，那未免太對不起這特別的一天了。

於是她們去了冰果室。「清心冰坊」原來開在大街，也許是類似「廣隆」這些大型公司或工廠一家接一家在小鎮成立，原本安靜得顯得蕭條的小鎮開始有一點要蓬勃發展的起飛模樣，大街的店面租金也漸漸上漲，於是「清心」便捨了營業十幾年的店面，搬到郊區用鐵皮搭建出新的營業店面，算準了老顧客不會嫌遠。

她們三個之所以這麼親密，命運安排九年同窗固然是原因，但在那個小鎮裡，小學只有一間，所有小孩都讀同一所學校，班級數也不多，特別的是入學分班後除了兩年換一個導師，學生基本上六年都在一個班上。進入國中後是能力分班，按入學時的智力測驗分數把男女生最聰明的前四十個學生集中一班，所以小學班上成績差不多好的女生進入國中分到同一班也是有機會的。在芷悅班上，除了鳳妃和哲欣，還有幾個女同學也是九年同窗。讓她們三個如此焦不離孟、孟不離焦最重要的一個原因是三人都是獨生女。

這在當時的社會環境並不多見，雖然官方為了控制人口數，大力提倡節育，還不斷宣傳「兩個孩子恰恰好」、「一個孩子不算少」，不過國人多子多孫、傳宗接代的觀念仍然根深柢固，一般家庭三個小孩、四個小孩算是普遍的現象，她班上有個同學在開學自我介紹時，說她有七個姊姊妹妹，全家共有比七仙女還多一名的八個孩子，班上同學一聽，眾聲「嘩」了好長好大一聲。

獨生女和非獨生女差別很大嗎？大家庭出身的人很難理解家裡只有自己是小孩那樣的成長經驗，不過這種差別大概要到青春期過後，脫離半生不熟的青澀年少，才能體會。最簡單的差別是，獨生子女吃東西都很慢，真正是細嚼慢嚥，因為小孩只有一個，大人可以全心對付，小孩天生知道怎麼折磨大人，吃得越慢，和餵飯者相處時間就越長，即使長大了自行進食，也因為沒有人會來搶你的食物而可以好整以暇，慢慢品味食物的美好。

同樣是獨生女，鳳妃因為和伯伯叔叔一起住在一戶三合院裡，父輩三兄弟三個家族合起來就是個大家庭，除了鳳妃這一房，其他兩房都人丁興旺，所以鳳妃有堂兄堂姊堂弟堂妹，從她的生活習慣觀察不出她是獨生女，動作快、嗓門大、事事大而化之，不計較細節，這些也都是在大家庭長大培養出來的個性。哲欣則和芷悅很像，獨立到有點孤僻，而且都有寧可餓死也不屈就的潔癖。

「你怎麼成了周紫月的？」三人都點了紅豆牛奶冰，一人一大盤，還沒等冰送上桌，就有人迫不及待問話。

「我想我是有個姊姊，在我出生前兩年還在，後來呢？我看過家裡的戶口名簿。家裡常常只有我一個人的好處是，屋子裡的任何東西都在我的掌控範圍，冰箱、電視、櫥櫃，也包括擺放重要物品的抽屜。已經換新的戶口名簿裡只有一個小孩，就是我，可是我是次女。」

發現一張舊的戶口名簿那天，爸爸一下班回家，芷悅就問他這件事，她隱瞞了梳妝台的發現。爸爸不喜歡那座梳妝台，一開始就要丟棄的，屋子裡所有屬於媽媽的物品已經毫無痕跡地消失無蹤，這座檯子是芷悅哭著要留下，說是她長大可以使用，爸爸才叫人搬到她房間放。

芷悅只說社會課教到親屬關係，她看到戶口名簿上她是次女，那麼她有哥哥或是姊姊嗎？爸爸本來不肯說，說這事不重要，只要知道你是我唯一的女兒就好了。但是爸爸也知道芷悅是個固執的青春期少女，她堅定的眼神直視爸爸，意味著沒有得到滿意的答案她是不會罷休的。

爸爸只好告訴她，確實她有個姊姊，還沒滿週歲就因感冒併發症死了，你媽媽一直忘不了這個自己的第一個孩子，立即要把她生回來，努力一年多才懷了你，你生下來時你媽媽堅持要取這個名字，她說，把自己的孩子忘了是很殘忍的事。

爸爸沒有說，但芷悅猜得到，她可以有自己的想像，芷悅就是紫月，芷悅代替姊姊活著，接續紫月的生命。對媽媽來說，因為芷悅，所以紫月從沒離去。讓另一個小孩背負著一個死去的人的人生，不也是一件殘忍的事。這話她也沒對爸爸說。

「原來你不是獨生女啊。」哲欣嘟囔著，一時間，擋在紅豆和碎冰之間的不只是牛奶，還有長女與次女的差別，她們三個畢竟還是孩子，在意的居然是芷悅有個和哲欣、鳳妃不一樣的次女稱謂，而不是芷悅冒用死人身分的這個違法行為，以及，在這個事實背後，關於芷悅那複雜的心理狀態。

7

這一年的夏天就這麼展開了，打工生涯也持續著。

哲欣和鳳妃年輕伶俐，很快就上手，何況那工作並不太難。車縫廠房共有六條生產線，每一條生產線有十台車縫機，間隔相當距離放一台，機台前是傳送履帶，每隔五片鞋面到達機台前，作業員便把鞋面拿起來車上規定的縫線，再放回履帶上，這時間正好讓履帶通過四片鞋面，於是再拿起下一面來車縫。如果不小心速度慢了一點，以致錯過該拿起來車縫的鞋面，也不要緊，生產線最後一座機台是資深員工坐鎮，看到沒有完成的或是有瑕疵的工作，負責接續和修補。

如此每一個步驟如行雲流水般順利前進，生產線在中午休息時間和下班鈴敲響時才會停下，這中間如果有人想上廁所或是口渴想喝水等必須暫時離開的動作，只要喊一下組長，組長就會來替補，讓作業員可以離開崗位片刻。

一個星期以後，鳳妃甚至可以和隔著一條生產線的哲欣擠眉弄眼，無聲地說話，而手上的工作並不受到絲毫影響，繼續機械化地前進。

芷悅的工作雖然也很制式，不需太多大腦，不過比生產線上的作業員更自由些，有時站累了或腰彎疲了，隨時可以走開走到飲水機旁倒杯水或是去廁所洗把臉。

她和興姊就是在飲水機旁認識的。廠房面積大，也不是密閉空間，要全面裝冷氣是有困難的。雖然到處有大型電風扇吹著，不過對不停勞動著的芷悅來說，還是經常感覺燥熱，身上的水分明顯地不斷蒸發，熱極渴極時她就衝到飲水機前，拿塑膠杯裝了一大杯冰水仰頭灌下去。

「阿妹，不要這樣灌冰水，對胃不好，口渴時喝溫水最止渴，真要喝冰水也不要大口大口灌，要把冰水先含在嘴裡，過幾秒鐘再吞下去，不然將來你就知道，胃會壞掉的。」這是興姊，和芷悅同部門，不過她是負責檢查放在大箱子裡的鞋盒數量和尺碼是否正確，然後把箱口用寬膠帶封上，做好紀錄，再送到倉庫去。

認識的當天，興姊就要芷悅陪她推箱子去倉庫。

「廣隆製鞋廠」整個公司偌大空間，分為兩個廠區，不曉得是一開始只買或租下大馬路右邊的土地建廠，之後空間不夠要擴廠了，再把馬路左邊的土地也租或買下，或是一開始就是使用馬路兩旁的兩塊土地來規畫廠房，總之，存放成品的倉庫在馬路另一邊，興姊和芷悅要推著大推車過馬路到另一邊的庫房，推著重物走上這一長段路，確實需要兩個人互相照應，興姊帶上芷悅也不算偷懶。

兩人護著推車出了工廠大門，盡量緊靠路邊走，幸好這條路好像是專為「廣隆」鋪設的，除了上、下班時間大量進出的人車之外，其他時間多是空盪盪的，而且夏日酷暑的午後三、四點時光，陽光這麼炙熱地照著，彷彿水泥路面都要曬融了般，能躲在室內的人自然不會曝露在大太陽下。興姊全副武裝，頭上是像採茶姑娘戴的包了花布巾的斗笠，臉上還用手帕自製成口罩，短袖上衣露出的光裸手臂上套了袖套，下身是長褲及布鞋。當興姊喚了芷悅一聲，說，走，我們送箱子去倉庫，芷悅一聽立即放下手上堆到一半的紙箱，趴趴趴跑到興姊身旁，看到興姊不忙著出發，反而從她的置物櫃中拿出以上的裝備時，芷悅忍不住噗哧笑出聲來。

「有什麼好笑的，以後你就知道了。」興姊說。

像這樣包裹得像銀行搶匪的興姊扶著推車，芷悅一手無力地搭著車把手，一手在空中指畫她的雀躍心情，兩人走在空無人車的馬路上，看起來確實是個奇特的畫面。

馬路對面就是倉庫大門，守門警衛看到她們遠遠走來，便會主動打開電動門，放她們進倉庫。

這個作為存放貨品的倉庫是一間大廠房，隔成無數個小間，放置這一批貨號的球鞋成品的位置在倉庫的最後面，芷悅跟著興姊，不需辨識路徑，反正掌握推車方向的人是興姊，不過如果讓芷悅自己尋路，可能沒兩下子她就迷路了。

把箱子卸下，按順序放進庫房之後，兩人便可以推著空車回去，不過興姊總是說，「坐一下吧」。於是兩人就坐在空的推車上，推車又大又穩，兩人坐在推車平台的邊緣也不用擔心推車會失去重心。

一開始聊天當然是興姊問芷悅一些基本資料，多大了，家裡有些什麼人，怎麼會想來這兒工作……問的比人事管理員還詳細。芷悅大多據實回答，除了是芷悅不是紫月這件事之外，大約聊了十分鐘，就真的要開始走回程了，否則他們的張組長兩道濃眉若是因緊皺而連成一線，像極一隻碩大的毛毛蟲，可是會嚇壞許多人的。

8

打工的日子感覺過得特別快，現下哲欣他們對於自己的工作也都十分熟練，做著這件和讀書完全不同的事不僅勝任愉快，也從中獲得許多樂趣，做不到半個月就碰到發薪的日子。

那天應該是敲下班鐘的時間，廣播喇叭裡卻傳出聲音，「各位夥伴們大家好，現在是發薪水的時間，請大家放下手邊的工作，關閉電源，到各組組長那裡報到。」

原來廣隆製鞋廠是這樣發薪水，鳳妃興奮地拉著哲欣擠在組長旁邊，組長看了這兩個小女娃一眼，拿出一疊薪水袋，按照順序唱名，「白美珠」，美珠姊拿走她的薪水袋就可以下班了，然後是「許春妹」、「林月琴」……最後兩袋才是鳳妃和哲欣的，組長還特別多說了一句：「不要亂花，最好拿回家給你媽媽保管。」鳳妃對組長擠了一下眉眼，意思是，「多管閒事」，便又拉著哲欣去找芷悅。

三個人又去了「清心冰坊」，一樣是紅豆牛奶冰。

鳳妃迫不及待打開薪水袋看看有多少錢，看到有紅色、綠色的鈔票，還有十元、五元、一元的硬幣，不管有多少錢，這是自己一點一點的勞動賺來的錢，這種感覺都是實在的。

「芷悅……」哲欣喚了芷悅一聲卻又停頓下來，芷悅以為她要問她薪水要怎麼花？可以吃不少碗紅豆牛奶冰呢！不過，她大概會存起來吧，物質欲望不多的獨生女並不需要額外的金錢。

「芷悅，那天在工廠裡，一個隔壁班的女生跟我打招呼，她說，那不是周芷悅嗎，怎麼有人說那是她姊姊，我看明明是二班的班長周芷悅啊。」

哲欣只說到這兒，話語中透露出一點擔心的情緒。她藏在話後的意思是，會不會被發現啊，被知道以後會怎樣呢？

「別擔心，沒事的，我的組長已經知道了，應該也是某個認出我的同學讓他知道的，但是他沒吭聲，我想他有心理準備，暑假快結束前我就會離職，所以他也不打算讓我做需要進一步學習的工作，只叫興姊帶著我裝鞋箱、送倉庫，正好我就喜歡做這事。」

「你整天興姊興姊的，不公平，跟興姊比跟我們好。」這是鳳妃的童言童語，說完她自己都笑了。「說真的，說說她的事給我們聽吧，我們也要興姊長，興姊短。」

「興姊啊——」芷悅和興姊在一起，聽她說了不少自己的事，芷悅聽來，她是一個好太太、好媳婦、三個孩子的好媽媽，工作乾淨俐落，也是長官眼中的好員工，每天下了班忙家事，也許有空幫孩子盯功課，也許三個孩子是大的帶小的這樣長大的，那個時候的職業婦女只是掙點錢貼補家用的功能，所謂「職業」不可能成為事業的，興姊常常微蹙著眉頭說，「如果我能一直出來上班工作，讓我有一點自己的時間，有一點點自己運用的金錢，就心滿意足了。」這些可以說給哲欣她們知道，關於興姊是怎樣的一個人。

其實芷悅對興姊有一種特別的感覺，自從興姊在飲水機旁叮嚀芷悅要注意自己身體時，芷悅就把她心上版圖上缺的一塊「母姊」的形象用興姊的模樣貼上了。從來沒有人出席芷悅的班親會，以後也不會有，不過至少在班親會的回憶中，芷悅有一個母姊的樣子可以想像。這一點，芷悅不打算告訴哲欣與鳳妃，芷悅不想把內心的這一塊和旁人分享，即使是親密的姊妹淘。

噓，這也是祕密。

9

和祕密相關的那一天終於來了。

切開兩處廠房的這條馬路很寬，雖然兩邊的廠房都蓋得又高又廣，但馬路還是寬得留下了一大片天空。芷悅站在興姊的右邊，一走出公司大門，芷悅本能地抬頭看天，天空很藍，幾朵蓬鬆得像打散了的棉花糖的白雲悠閒地點綴著，少了烏雲的遮蔽，太陽的威力就更明顯了。最近都是這樣的天氣，乾燥而炙熱，完全沒有會下雨的跡象。什麼時候午後雷陣雨開始，才像是夏天吧。芷悅正想著，還沒說出口，身後傳來叫喚的聲音。

「芷悅，芷悅，等等我們。」她回頭一看，是哲欣和鳳妃。

「你們怎麼來了？」

「快月底了，生產線業績達陣，組長讓我們去支援別組，我想到你說下午要和興姊去倉庫盤點，就自告奮勇要來支援你了。」這是鳳妃的語言。

太好了，每天焦不離孟，相處時間比真正姊妹還親密的三人，自從來「廣隆」打工，少了很多嚼舌根的機會，這下子又可以嘰嘰喳喳個不停了。三人牽著手，圍成一個圓，在寬闊的馬路轉著、跳著，連興姊看了都不禁微笑起來。

她們跟守門的警衛揮揮手，因為人多，有郊遊的感覺，歡樂的氣氛黏稠得像會黏牙的瑞士軟糖。

「芷悅真好，常常可以出來蹓躂蹓躂，哪像我們，困在那條履帶旁邊，集中精神，穩定速度，就連稍微落隊都不行啊。」

「什麼話！我每天堆鞋盒，日復一日彎腰、伸直，又彎腰、伸直，弄得我現在活像個駝背的老太婆，我這可是出來透透氣。」

「那我們連放風的機會都沒有，簡直是一等囚徒啊。」

她們還要繼續說笑，興姊看見前面已經是檢查點，兩位品檢員正等在那兒，趕忙制止她們，「工作了，工作了。」

手上拿著一塊夾板，上頭夾著一疊表格的是依晴，同一所國中畢業的，不過是長她們好幾屆的學姊，已有幾年工作資歷，對來「廣隆」已經快一個月的芷悅她們是認得的，另一位看起來年紀稍長的則是陌生的新人。

依晴跟興姊打招呼，接著介紹身旁這位，「這是我表嫂，她叫芳荷，我下個月要結婚了，要請一陣子假，我先找她來代班，要是做得順手，也許會接我的工作。今天她先來見習。」

依晴分配一下，興姊、鳳妃配合芳荷，依晴帶著芷悅和哲欣，工作不難做，稍微解釋一下就可以上手。

不知不覺兩個小時過去了，工作只完成了一小部分，畢竟時間壓力不大，一點一點慢慢做，總會完成的，興姊喚大家休息一下。原本公司在上午和下午就各有十分鐘的休息時間，倉庫這裡聽不見打休息鈴，通常是自動自發休息十分鐘。

倉庫後段有個茶水間，芷悅熟門熟路，哲欣她們則跟著過來。

這裡是依晴的休憩場，她從櫥櫃裡拿出一罐即溶咖啡，茶水間有現成的玻璃杯，洗洗就可以用。

鳳妃聞到熱水倒進杯子和咖啡粉混合發散出的咖啡味，眼睛瞪大得簡直像要跳出來湊到杯緣張望，「啊，不公平，不公平，我們那兒什麼都沒有。」

「大廠區人多，這種咖啡香味太悠閒，會讓人不想做事，影響工作效率，我們這兒只有幾個人，沒人管，才可以這樣的，別說出去喔。」依晴吩咐著。

「不說，不說，有這麼好的事，明天開始我要想辦法調來這部門。」

「這是我的第一志願，別跟我搶。」

眾人輪流沖咖啡，在咖啡中倒入一匙糖、兩匙奶精，用筷子一邊繞圓圈攪拌一邊看著奶精和糖溶解，然後先淺嘗一口，甜甜苦苦的，又有一股說不出口的濃稠味，薄薄地黏在舌頭上，無法分辨是糖或咖啡或奶精造成的。

芷悅喜歡喝咖啡，她很早就開始喝，也許是因為媽媽愛喝，從小她就習慣這個味道，尤其是加了很多糖的咖啡的味道。喝咖啡和梳頭髮成了芷悅記憶媽媽的方式，如果說做一個有媽媽有爸爸的小孩才是正常的，那麼只有在喝咖啡的時候，芷悦才能感覺「自己也是正常的」。

咖啡太香了，幸福的感覺太濃郁了，等到有人彷彿聞到另一種有別於咖啡香的味道時，應該已過了幾分鐘。

「你們有沒有聞到一股焦味？」

「不是焦味，是煙味。」

是誰說的？不管是誰，她們全都皺緊鼻頭，用力嗅聞。

「好像不太對勁？」依晴先衝出茶水間，與姊也跟上，剩下的人楞在原地不敢動，直到煙味越來越濃，全廠房的燈「趴」一聲滅得乾脆，頓時陷入全然的黑暗。

「啊——」

誰在尖叫？也許不是誰，而是大家都在尖叫。

芷悅進茶水間時，就看到洗手槽旁有一盒火柴，當時她就覺得那像是不該出現在這兒的物品，這也是芷悅的「特質」，她對於每一樣「東西」，包括「人」應該存在的位置十分堅持。也許是守衛大哥，也許是依晴常在這兒抽菸，也可能只是某一個臨時造訪的訪客留下來的，陷入黑暗後，她立即想起了那盒火柴，正好在她搆得著的位置，於是芷悅劃了一根火柴。

些微的光亮讓尖叫聲暫時停歇，現在該怎麼辦？沒有人發問，即使有，也沒有人知道。

依晴衝進來，要大家跟著她走，她說前頭起火了，火勢很大，她走不到前頭，所以不了解狀況，不過她們要趕快退到後頭去，後頭有另一道出口，希望沒有上鎖。在火柴熄滅前，最後一點微光讓她們可以看清依晴所謂的「退到後頭」的方向。

靠著芷悅艱難地邊跑邊點火柴，她們才能在黑暗中跟著依晴退到倉庫後段，依晴所謂有另一道出口的房間。

不幸的是，後門上鎖著，堅固的鐵門推也推不動，火柴又用完了，有人開始咳嗽，伴隨著時近時遠的物品燃燒的劈啪響聲，大家都感覺到煙越來越濃，煙味越來越重，火勢隨時可能燃燒到這兒，怎麼辦呢？

「我們要找到防火閘門，把它放下來，阻隔濃煙和火勢，這樣也許有機會等到救援。」

防火閘門，那是什麼？長什麼樣子？在什麼地方？

還有，芷悅開始覺得頭昏，模糊中有一個很重要的念頭她卻捕捉不到，到底是什麼呢？有什麼可以讓大家脫離險境的方法嗎？

「咦，興姊呢？」芷悅想到了，是興姊，她跟著依晴跑出去，有沒有跟她一起回來？「興姊，興姊！」

「找到了，」依晴說，「我找到放下防火閘門的開關了。」

「等一下，興姊呢？」芷悅有一種不安的感覺，那種將要有什麼事情發生的預感，蟄伏了一陣子，卻在這個她也無法思考、感覺、判斷的時刻復甦了。

「剛剛我們分別行動，她向前試試能否找到出路，甚至走到前門去找守衛。我們說了如果找不到，她就退回來，已經過了一段時間，我想她應該出去了。」

「如果沒有呢？」芷悅腦海中出現興姊向後頭奔跑，追趕著她的是一直延燒過來的大火，跑啊跑的，明明接近了，卻被擋在門外的畫面。

「這個閘門放下來也不知道有用沒有，可是要是現在不放，就怕我們也被困在這裡了。」

那麼這個時候要決定嗎？那種兩個摯愛的人落水你只能救一個你救哪一個的試探從來只是測驗，只是紙上或嘴巴上的笑話，沒有人認真當那是個考驗，可是現在，他們必須決定，立即放下防火閘門以便讓這一屋子的人有機會得救，或者再等一下，還有一個人在後頭，她正在漆黑而火神四伏有許多障礙物的走道上尋路，企圖找到她們，加入可能獲救的行列。

等一下嗎？等多久呢？誰來決定？決定的不只是自己，還有許多人的命運。

10

防火閘門終究是放下了，時間在這一刻停止，芷悅覺得自己不能動、不需動了，就連呼吸都不必要。

她們在這黑暗的房間中，到處都是黑暗，裡頭是，外面也是，所以在裡面和在外面又有什麼兩樣呢，也或許，裡面才是外面，外頭其實是裡頭呢。

不知過了多久，說不定只有一下子，反正時間已經失去意義。消防人員敲開後門的鎖，第一時間就找到了那蜷縮在最後一個房間的人。在消防人員引導下，她們快速移動，離開倉庫，走，走得越遠越好，走越遠就離危險越遠；走，走到安全的草地或是水泥地；走，走到許多安全的人迎上來的地方。

下一瞬間，身後傳來連聲轟然巨響，一股熱風從她們背後漸漸逼進，芷悅好想就這麼暈過去，電視劇不都是這麼演的嗎，只要暈過去了，就可以什麼都不管，醒來時或是在家裡或是在醫院，只要暈過去再醒來，就能確切知道自己還活著，平安活著，於是先前的恐懼——死亡的恐懼、未知的恐懼、被火焚身的恐懼，你會知道，那只是過程，結果是好的。

芷悅卻沒有暈過去，她清醒著，現實人生果然不那麼戲劇性，不是什麼人都可以說暈就暈的。遠處、近處都是消防車的汽笛聲，然後來了幾個穿制服的人，把她們帶離現場，芷悅數了數，哲欣、鳳妃，那兩個剛剛才熟識的倉管人員，不對不對，只有五個人，不對不對，還有第六人。不對不對……

11

那年夏天發生的事，後來怎麼了？大家都想知道，大家都想問，只是「後來」只跟幾個當事人有關係，其他看熱鬧的人呢？就回一句，「干卿底事」吧。

身邊傳來連聲轟然巨響，一股熱風從四面八方逼進，明明是絕對的黑暗，卻彷彿看得到熊熊火光，世界像關閉一切電源般純然的安靜，連自己的喘息、心跳都聽不見。當電燈開關被按開，溫暖柔和的光線包圍著她，芷悅回到家了，一個穿制服的女警送芷悅回家，爸爸給她一個擁抱，就讓她回房間休息。然後一天、兩天、十天、半個月過去了，暑假過完了，芷悅考上了第一志願，離小鎮有一個小時車程，她跟爸爸說要在學校附近租房子，省下交通時間用功讀書。哲欣選擇留在鎮上的高中就讀，鳳妃呢，不知道，那天之後，誰也沒有跟誰接觸，每個人都困在自己的夢境裡，用自己的方式不想醒來。

芷悅離開小鎮前，到鎮公所附設的圖書室查了一下過期報紙，廣隆製鞋廠倉庫發生火警的消息只在地方新聞的一個角落出現，放了一張火光熊熊的照片，旁邊幾行簡單的文字，「本鎮最大的運動鞋加工廠廣隆製鞋廠，昨日第二廠房發生大火，警方表示這起火警疑似電線走火，工作人員一人死亡，一人受傷，置放成品的倉庫燒毀大半，損失不貲，影響製鞋廠的營運甚鉅」……

那天離開工廠，從頭到尾沒有人來詢問她，至少沒有問到芷悅，似乎把她們當作局外人，也許因為她們太小，也許因為該知道的都知道了，就是電線走火吧，死傷的人公司會照顧，這種事有一個例行公式讓人不必太費心思。新聞報導裡該說的沒說，不該說的也說了，芷悅想得到的答案仍然沒有得到。說不定，那個祕密可以一直隱瞞下去，永遠不會被發現。

他們有沒有談論過和媽媽有關的話題？應該有，至少媽媽不在那一天芷悅一定會追著問，只是到後來這些記憶都像洗碗時水龍頭沖掉的菜渣，進入下水道，隨著廢棄物不知道流沖到哪裡去了。

只有那一次，芷悅拿出紅色行李箱收拾東西，爸爸站在她房門口靜靜地看著，他的目光並不是投注在芷悅拿出什麼東西，放什麼東西進箱子裡，他的目光其實一直停駐在那紅色行李箱上。到了芷悅把箱子裝滿準備合上時，她才注意到古怪的神色，然後爸爸不待芷悅詢問就自己說出答案。

「這個行李箱是你媽媽嫁給我時帶過來的，行李箱裡裝著滿滿的百元大鈔作為嫁妝帶過來，當時在這兒那一箱鈔票轟動一時，流傳了好久。婚後我們真的像王子與公主一樣過著幸福快樂的日子。媽媽是入門喜，懷孕九個多月生下一個漂亮的女娃娃，升格為人母人父的王子和公主仍然幸福快樂，直到小女娃某天夜裡在睡夢中死亡，幸福戛然而止。

「我以為把死掉的孩子生回來，是尋回幸福的法寶，你媽媽也這麼想，果然生回來了，又一個紫月啊。在我看來，女娃娃都長得差不多啊，一樣紅通通皺巴巴，一樣嘹亮的哭聲，結果當護士把你抱給你媽媽時，她居然說，這不是我的，不是我的紫月。後來的事你大概也知道了。」

芷悅不知道，爸爸也不知道，為什麼媽媽會說那不是她的孩子，不是她的紫月？沒有人知道，命運嘲弄了母親、嘲弄了這一家人，卻沒有任何解釋。

開學前一天，爸爸送芷悅到學校附近專門出租給學生的套房，行李先前已經寄送到，這次算是完成一個告別的儀式吧。從來沒有離家出遠門的芷悅，今後和家裡的緣分就此淡了，不需明講，兩個人都知道，只是大部分人以為父女的緣分開始變化的關鍵點應該是女兒嫁人，而不是這個時間點。

爸爸看著芷悅把最後幾本書放上書架，似乎沒有再要收拾的東西了，爸爸只好告辭。要離開前，他露出欲言又止的神情，很多話想問想說啊，至少要說「以後自己要照顧自己了」，掙扎了一下仍然沒有開口。他從口袋裡拿出一個淺土黃色的信封，芷悅看得出來是廣隆製鞋廠的薪水袋。大公司制度健全，即使在這種情況下，該付給員工的薪水也不會延遲與短少。爸爸一定看到了信封上的名字，他可能想問芷悅為何要用姊姊的名字，沒問出口可能是轉念一想芷悅的回答不一定是真話，芷悅也可能根本不會回答。

就算知道了又如何，發生在芷悅身上的事有太多他不知道的，這個女兒他懂得太少。總之太多「可能」讓知道真相變得「不可能」，所以，就算了吧。兩個人都想就算了吧。

那個薪水袋，芷悅沒有拆封，直接放進紅色行李箱的最底層，她高中畢業，跟著她到了台北讀大學，之後每一次搬家，都在那個行李箱裡跟著她。

第二章　星期天的圖書館

1

他們歡愛的時候，哲欣往往會用一條薄手巾蓋住臉。室內是燈火通明，每一盞燈都開得敞亮。哲欣不喜歡暗，不是沒有安全感那種害怕黑暗的心理，而是她已經習慣整日待在即使夜裡也亮似白晝的環境裡，視力良好的她也已經不習慣昏暗了，所以她一回到住處會打開所有燈的開關，有時累得在沙發上一覺到天亮，電視也開著，燈也大開著。

第一次她拿起一條藍色條紋手巾蓋在臉上時，斯翰說：「太亮了是不是，我就說要關燈嘛！」

「不，不，不要關燈，不是太亮了，你光潤的肌膚才是刺眼呢。」

那年輕、觸感柔細，激烈運動過後一層薄汗搭在軟軟淺色的汗毛上，竟比烈日的陽光還要刺眼。

完事之後，哲欣用手巾幫斯翰擦汗，斯翰裸著身，閉著眼，長長的睫毛微微搧動，不一會兒就睡著了。哲欣看著那似嬰兒般毫無防備熟睡的臉，應該是滿盈的幸福感，或許是太幸福了，不知從哪兒竄出來的不安像一根尖刺一下一下地刺著她的心口。

2

很多人喜歡說命運之繩，台灣人可能就說命運的鎖鍊，意思是人的一生有很多不由自主的部分，往往被冥冥中命定的看不見的力量牽引著前進。哲欣身邊各式各樣的人都有，有的十分迷信，初二、十六定期拜拜之外，連自己才十六歲的女兒將來會嫁到哪個方位去，都已經問過那神機妙算的丁小姐，這是指和哲欣一起經營公司的湘妮；有的不僅沒有正教的信仰，不論星座血型，不喜歡排命盤、算紫微，也都不信怪力亂神，總覺得每個人的命運掌握在自己手裡，這是「哲欣們」，信與不信的人們，各自選擇自己在意的部分，只是偶爾也會擦撞出火花。

大學時和哲欣一同在校外租屋的室友育華，她每週一拿到美容雜誌，就先翻看一週的星座運氣，有一次甚至因為書上說本週雙子座的人會破財，而不願和哲欣去看早就約好的快下片的電影，氣得哲欣差點跟她絕交。哲欣進入社會的第一份工作，和她最談得來的同事顧姊，老是說要帶她去算命，哲欣編了幾次理由，最後實在躲不過，跟著去了一次，結果成了一場災難，至少哲欣自己覺得是災難。因為她從頭到尾都在和算命師抬槓，她不想算筆畫改名，不想批流年了解未來十年的運途，不是要問婚姻、事業、功名，那麼，「你來做什麼？」最後這句話算命師很有風度並沒有問出口，是哲欣步出算命館時想到自己花了二千元倒像在做心理諮商而覺得有點嘔。

在這個遍地都是機會的地方，只要努力，每個人都可以過自己想要的生活。這是哲欣的想法。她盡力做自己想做的事，努力追求夢想，讓自己的人生的每一部分都在自己想要的位置上，在她三十五歲以前，這樣的想法，似乎沒有讓人懷疑的理由。所以發生那件事之前或之後，哲欣無法理解，為什麼？

她終於又回到了圖書館。吃過自己動手製作的早午餐，用那慣用的百貨公司週年慶送的購物袋裝著幾樣必要的物品：筆電、手機、錢包、鑰匙，保溫杯和面紙，還有一、兩本書，要去的地方是圖書館，那是一個有很多書的地方，為什麼還要帶書本呢？

這是哲欣經歷過那一段每天到圖書館報到的日子之後的經驗，有時瀏覽了好幾排書櫃，卻仍然找不到一本有感覺的書想把它拿回到自己的座位坐下來閱讀，那時，自己帶來的書就派上用場了。那通常是一本可以分段閱讀，而且常常要花很多時間才看得完的書。

總之，拿著裝滿東西的購物袋，大熱大拿防紫外線陽傘，下雨天拿能遮風蔽雨的大黑傘，晴天又不冷不熱就不帶傘，哲欣走出家門到離住家十分鐘腳程的社區圖書館，她會在這兒待一整個下午，直到筆電的電力用完，直到肚子咕嚕咕嚕地提醒她到了晚餐時刻，才收拾物品準備回家……這樣的日子感覺好像才是不久前的事，其實已經過了三年了。

如果天天到圖書館報到已經是三年前的事，那也意味著那件事過去將近三年了，不，那件事是發生將近三年，但它始終沒有過去，即使過了一千個日子，哲欣感覺自己仍然處在那件事的狀態中。

3

第一次站在那座圖書館的一排書櫃前，哲欣吃了一驚。對書籍向來不陌生的她，第一次感受到陌生。如果是電路機械、醫學、土木建築等專業書一般人當然看不懂，那不是陌生，那是隔行如隔山的艱澀。但立在她面前的這一排書，讓她覺得陌生，彷彿這十年來她第一次進圖書館，而中文世界的作者與寫作的內容卻像過了一個世紀。

她不是沒有去過圖書館，從小到大，她去過很多座圖書館，從學齡前跟著爸爸去上班開始。那一陣子媽媽也在上班，原先哲欣去保母家，直到保母搬走，換了幾個保母總是有這個那個問題，哲欣當然記不得到底是父母覺得有問題，還是哲欣不滿意，總之找不到原先從哲欣滿月後就一直照看著的那樣挑不出缺點的保母了，只好在哲欣上幼稚園前先跟著爸爸到辦公室去。爸爸工作地點就有一間圖書館，不能說是圖書館，只是一間放滿了書的房間。

大部分是和爸爸工作單位相關的專業書籍，少數幾本一般人也可以看的雜書，完全沒有哲欣這個年齡的孩子看得懂的書，所以，在那間圖書室裡，哲欣看自己帶來的書，用自己帶來的紙筆畫畫，渴了用自己帶來的水杯去裝水喝，累了趴在自己帶來的小枕頭上小睡片刻，直到爸爸下班前，哲欣都待在那間圖書室裡。

哲欣大學的國文老師有次在課堂上說了自己的故事，說她的人生可以用五張書桌來記憶，第一張書桌是躲戰爭逃難在鄉間，母親在附近廢棄的學校尋了一張破課桌，把斷了的桌腳接起來，給她當書桌作功課，用到要離開時，她還想把那張書桌帶著走呢，第二張、第三張……當時哲欣聽老師這麼說，覺得很新鮮，一個人活了大半輩子，到老時居然可以簡化為五張書桌？不過這個故事倒是讓哲欣記牢了，此時她便想起，若是她，可以用圖書館來記憶自己的人生，雖然是怎麼算都不算長的人生。

爸爸公司的圖書室之後是中學的學校圖書館，那時大約是教育部或教育局之類管教育的公家機關，正在推廣讀書運動，學校圖書館便配合辦了閱讀比賽，看這一學期裡誰在圖書館借書次數最多，便冠以「閱讀達人」的封號，獎品是一套百科全書。

當時這所社區高中前段班的學生都在拚聯考，沒有心思搞課外活動，成績不夠好沒有升學壓力的學生又多是不愛看書的，學務處宣傳得紅火紅火，學生們參與的熱度倒是不高。哲欣那時正跟父母鬧脾氣，她想讀新聞科系，但公立的大學可能考不上，而私立的學院差距太大學費又貴，媽媽要她務實點，按照分數高低填志願，熱門大學的熱門科系上不了，後段科系還是可以考慮的。

出於嘔氣，明明該拚模擬考了，哲欣索性整天泡在圖書館裡看閒書，看完一本又借一本，最後居然讓她拿到借書達人的冠軍，更幸運的是，隔年她的考運特別好，跌破所有人的眼鏡，上了她從未想過可以考得上的熱門大學熱門科系，她心中其實相信，是學校圖書館帶給她的好運氣。

此後圖書館就像信徒的聖地般成了哲欣的幸運之門，讀大學時準備期末考，快畢業時準備考托福，拿到傳播碩士回國後還曾經打算考國考，也是整天待在圖書館讀書、整理資料，不過，後來因為和湘妮一起合夥開了間小型的傳播公司，從此一頭撞進沒日沒夜的工作中，整天像陀螺般被工作推著轉，身邊只有客戶和工作夥伴，完全沒有時間停下來想想家人、戀人等等和工作無關的事。到了陀螺轉乏了，漸漸慢下來，終於完全停止不動時，已經過了十年，她輝煌的青春算是燃燒完了。

4

那一次無意中走進社區圖書館，她在這裡住了超過十年，竟不知這裡有座圖書館。這棟建築樓下是二十四小時的超市，哲欣常來。通常是三更半夜，拖著疲憊的身子要回家洗澡、換衣服、整理行李，稍微瞇一下又得出門的時刻，然後想起牙膏、衛生紙沒了，或是實在渴得要死想買一罐純果汁喝，就叫公司車停在超市前放她下來，買了東西再自己走回家。

她對住家附近最熟悉的就是超市到住處這段路了，而且是深夜時分的風景，有隻黑色的瘦貓總是在電線桿旁覓食，用利爪扒開塑膠袋，舔食塑膠袋內殘存的食物；滷味攤大約過一點開始收拾打烊，因為空無路人，用水管沖洗騎樓的姿勢十分霸道，哲欣為避污水總得繞走馬路中央，幸好深夜的馬路也是屬於行人的；街道底的大樓警衛室的警衛例行在打瞌睡，哲欣高跟鞋的啌啌聲靠近了才會使他驚醒，還有同一社區隔壁棟的某先生回家時間常常和她差不多，一不小心前後腳走在社區大門前的斜坡，那人身上濃重的菸味酒味便順風陣陣飄過來……哲欣知道這些，她只是不知道超市樓上居然有一座圖書館，因為在那些年間，圖書館開放的時間哲欣是不在這條路上的。

哲欣會走進圖書館是在一個很奇妙的狀態下，她居然在大白天的正午時間出外覓食。那個只供哲欣擺放衣物及睡覺盥洗的住處有冰箱沒有食物，有瓦斯爐沒有鍋碗瓢盆，她甚至連在家中泡速食麵都不曾有過。更具體地說，她在不該待在家裡的時間待著，湘妮找人幫她送了三天飯，就藉口人力不足，要她自己想辦法了。

白天的街道和夜晚似乎是兩個世界，沒有瘦黑貓有肥家狗，沒有夜歸的醉漢，那夜夜瞌睡的社區保全看到人就熱情招呼，安靜而黑得發亮的街道現下是喧鬧得讓人渾身燥熱起來。

哲欣讀大學時一直以為自己會找個電視公務員的工作，現在做的雖然也是拍電視劇，卻不像公務員可以朝九晚五，事情做多做少都照領薪水，她總是被工作推著走，連自己到底賺多少錢都沒時間去補登一下存摺。如同她不在預期之下過起沒日沒夜的生活，這樣不見朝霞夕陽的日子突然說停就停下來了，如果她相信算命，那就是流年不利。

幫公家機關拍公益宣傳短片已經很多年了，某天那個合作愉快的科長突發奇想要拍勵志電視劇集，要哲欣公司送企畫案，湘妮一聽認為是可以做大的生意，於是興致高昂送了案子，包括公家出多少錢，自己找多少贊助，都規畫好了。為趕時效，備忘錄一簽火速開工，計畫如果一切順利半年後完工交片，公司就會有四千萬進帳。哪知金融風暴爆發，贊助商抽手，公家的補助預算也大砍對半，湘妮一精算這下不但賺不到錢，還可能虧上千萬，電腦試算程式跑一跑，決定違約，把已經剪好的帶子交出去，當作是已經領到的補助款拍出來的成品，而那見人一張笑咪咪觀音臉孔的科長收起菩薩心腸，揚言不履行合約就提告。

說到底哲欣壓根沒搞懂是怎麼回事，她向來是做執行面的工作，其餘接洽業務或是財務方面的事都是湘妮在打理，總之湘妮打算把公司改組，賴掉這筆帳，而成為代罪羔羊的前公司負責人最好避避風頭，暫時離開公司。

於是她在正午時分走出家門，準備看看住家附近有什麼好吃的店家，祭祭自己的五臟廟。十年來餐餐都和同事或客戶一道用餐，如果有機會一個人吃飯，那一定是所有同事都在忙，只有她閒著，可以先拿起便當，找一個角落，無視四周的喧囂，安靜地吃便當。

哲欣走在白天的街道，餛飩湯好嗎？肉羹麵好嗎？還是一樣買排骨便當？不管哪一種，對哲欣來說，都像是便利超商的關東煮，只是食物，可以填飽肚子，無關美味。她每次看到科幻片，總是想到有一天會有人發明食物藥丸，青菜一顆藥丸，肉類一顆藥丸，米飯一顆藥丸，甚至簡化到一天吃三顆，便不必再煩惱這餐吃什麼，那餐吃什麼？美食雜誌介紹的美食、美食餐廳，或是報紙婦女版常報導的愛心便當，情感的意義都超越了食物與健康吧，至少哲欣是這麼想。

那天中午哲欣吃了什麼，她已經忘記了，只記得帶著飽漲的感覺要回家時，突然想散散步，便往回家反方向走，準備繞一大圈回去，經過那家超市，門口有不少人圍著一張長桌，反正沒什麼正經事，哲欣也去湊熱鬧。原來是一個舊書市集，還有人帶了家裡的書來交換，然後哲欣發現超市樓上的社區圖書館。那種和圖書館莫名其妙的緣分促使她走上樓。

進入圖書館，一堆書排在一起散發出特殊的味道，一群人靜坐著低頭閱讀的姿勢，突然讓哲欣產生一種安頓下來的感覺，連日來惶惶不知終日的心情彷彿進入了居所，難道是那命運之繩把她和這裡牽繫了起來？她又開始了每天上圖書館的日子。

5

這個夏天特別熱，若不開冷氣屋內簡直一刻都待不住，看看圖書館熱鬧情況就知道，也許是考季剛結束，大朋友小朋友家裡待不住都擠到圖書館來吹冷氣，哲欣原本可以占用兩個位置，一個看書，一個放筆電，這天左邊坐了個老先生，把報紙大大攤開，半張報紙蓋過哲欣這頭；右邊是個媽媽在教小孩做功課，媽媽的聲音壓得很低，小朋友則是不懂得輕聲，「這樣對不對？」、「媽媽是這樣嗎？」一時不時竄進哲欣耳中，她只好站起來，暫時把位子讓給他們。

她站在書櫃前，看著一排又一排的書，有些書是哲欣從前就聽過或看過的，譬如《誰搬走了我的乳酪》、《別為小事抓狂》、《天一亮，就出發》、《如何閱讀一本書》……但更多的是她從來沒看過的，這些書名都很特別，彷彿每一本書都是一個陌生的世界，於是她放下手中看了四分之一的日本翻譯小說，開始讀起書名來，《黃帝內經》、《把健康徹底說清》、《結束貧窮的四十八堂課》、《讓自己成功的三十個習慣》、《一百天變成晨型人的方法》、《聽莎士比亞就對了》、《快樂生活並不難》、《QBO問題背後的問題》、《老闆為你泡咖啡》、《一本真誠對待自己與他人的嚮導書》、《誰不想過好日子》、《別讓性格牽著鼻子走》、《思路決定出路》、《做人做事兩兼顧的高明成功術》、《改變才有機會》……

原來在她埋頭苦幹，沒有時間停下來看看身旁發生些什麼事的十年間，這世界已經向前推進這麼遠了，哲欣以為圖書館的書架上應該還放著《古文觀止》、《唐詩三百首》、《EQ》、《國境之南．太陽之西》、《文化苦旅》、《三更有夢書當枕》、《孩子你慢慢來》、《白玉苦瓜》……等如她這一代文青的不可不讀。

看著眼前這些連書名都陌生的書，哲欣一點也沒有抽出其中一本來閱讀的欲望。這樣一點動作也沒有地在書櫃前站了一段時間，哲欣的職業感發作了。她的工作和人的接觸非常頻繁，而且很多互動都必須在最短時間完成，訓練出她對任何狀態的回應都十分靈敏和直接，譬如走過拍戲場景，客廳置物櫃上的鬧鐘擺歪了，她會順手扶正，本能反應到自己完全沒意識到這個動作，而且走路的速度也沒有因此慢個一、兩秒。

所以如果有個人在大賣場的冷凍食品櫃前站了超過十分鐘而沒有選取任何食物，那麼賣場就應該有人去詢問這位顧客是否需要幫忙？這是哲欣認為的專業紀律。

哲欣不願成為任何人注意的焦點，於是決定隨意抽一本書拿回自己的座位閱讀，她的手指抓著「晨型人」這幾個字，而竟然有另一隻手覆蓋著她的手指正好包住了「晨型人」，短暫而冰冷的接觸讓兩隻手立即縮了回去。

「啊，對不起。」誰先說的？

哲欣得仰頭看他，這是一個瘦高的年輕人，膚色白皙，眼睛細長，嘴唇扁薄，只有還算高挺的鼻梁讓他的臉有點立體感，哲欣要看清楚這些至少要過個幾十秒，因此那白皙的臉頰竟漸漸泛紅起來。

「我沒有要看這本書，你拿去吧。」說完轉身回自己的座位坐下，能夠簡單明瞭把話說出來自然是見過大風大浪的哲欣，那個起碼有一百八十五公分的「草食男」還杵在書櫃前動也不動，「草食男」這是瞬間在她腦中閃過的字眼，和他那並不太寬闊的肩膀、緊窄的腰臀以及顯得有些朦朧的目光有關。

她回到小說的世界裡，一下子就忘了那指尖碰觸的感覺，直到半個小時後，兩人又在茶水間相遇，這時閃過哲欣腦中的字眼，正是「命運之繩」。

他比哲欣小十歲，是哲欣開始創業的那個年紀。哲欣常覺得自己這十年的生活雖然像沖得很急的瀑布，但心靈卻像一個靜止的水池，停在十年前，剛從美國完成學位回來，正要開始人生的另一個階段，一切充滿可能性的那個時候。這種感覺讓她覺得和斯翰可以接近，年齡不是問題。

再次在茶水間相遇，斯翰遞給她一個咖啡包，是現在很流行的濾掛包，用這種簡便的方式就可以沖泡出接近咖啡館現煮咖啡的風味。

「我想你應該是對咖啡品味很講究的人。」這是搭訕的開場白，製造一個話題展開一場對話。可惜哲欣不是，她雖嗜飲咖啡，卻一點品味也沒有，只要是咖啡，功能是提神就夠了，不管是現沖現煮，即溶包或超商買的，就連公司的咖啡機煮的，擺久了冷了酸了，工讀生打算倒掉重新煮一壺，哲欣會要他倒在她的專用杯裡，她待會兒喝，不要浪費了。

但哲欣接過濾掛包，並輕聲說「謝謝」，她接受他的搭訕，謝謝在哲欣失意落難的時候，還有人願意這麼殷勤待她。

她原本以為她在意的事情身邊的人也應該放在心上，尤其像公司出了這麼大的事，至少合夥人湘妮，以及這個她一手創立的「創意家公司」不算太多的十來位員工，應該時時刻刻惦記著她這個前老闆吧。

事實剛好相反，沒有人記得她，一開始湘妮還打過幾次電話，主要是問她有錢用嗎，然後換成湘妮是負責人的公司接了一個大案子，所有人又都沒日沒夜投入後，就再也沒有人記掛著哲欣了，就連她天天等著的法院傳票也沒等到。原本她是全世界繞著轉的太陽，現在大約是被后羿射下來，落進深海熄盡光芒了吧。

一開始分享咖啡包，接著哲欣會在自己常坐的座位旁為斯翰留一個位置，然後午飯時間兩人一起到外頭吃飯。

走出圖書館，外頭那條街道明明哲欣走了十年，但哲欣熟悉的都是店家打烊後拉下的鐵門。馬路對面那兒有兩家燒臘便當店，開得很近，也不擔心互搶生意，買過幾次之後，哲欣就知道右邊那一家為什麼生意稍好，因為它的醬汁偏甜，又都很大方地多澆一匙在白飯上；便當店旁有一家日式拉麵，味噌湯頭還不錯，可惜食材有點陽春，一碗一百二十元的拉麵也貴了點，這是斯翰說的；還有賣自助餐的，任選一葷三菜八十元，或是一碗五十元的魷魚羹，也是五十元的米粉湯……過了半個月，斯翰說：「你不是就住附近嗎？要不要我們買東西回去煮？」雖然是詢問的語氣，倒也沒有哲欣說不的空間，斯翰就在超市買了簡單的食材，回到哲欣的住處烹調，那只有瓦斯爐的廚房，也漸漸從一個鍋子，一個砧板，一把菜刀，到麻雀雖小五臟俱全、應有盡有的地步。

第一次有外人進到哲欣的住處，她從不稱呼這裡是「家」，只有她一個人，連隻家貓家狗都沒有的地方，不配稱為「家」。這房子是用父母留下的遺產買的，賣掉老家的房子加上一些現金，這筆錢先付了台北郊區的一棟大樓預售屋的頭期款，剩下的剛好夠哲欣出國讀學位，等哲欣讀完學位，大樓也蓋好了，哲欣搬進來，開始了就緒的人生。

哲欣進屋後本能地東收西拾，平日並不太破壞，屋子大致說得上整潔，但那是哲欣一個人的標準，若要招待客人，還是要略為拾掇，等到她從客廳略過廚房再到臥房以及另一間原是客房如今擺放雜物的房間出來時，迎著餐桌上散發出誘人香味的食物，哲欣呆住了，果然人在驚喜時，真的是喃喃自語多過興奮大叫，哲欣喃喃說著：「沒想到你真的會做飯……」

斯翰廚藝甚佳，哲欣好奇這廚藝怎麼來的？原來斯翰高中原本想讀餐飲學校，可惜考不上，只考上園藝系，不過他除了必修課外，其餘時間都在家事教室鬼混，若不論文憑，他的本事不比科班出身差。那怎麼沒走這一行呢？

說來話長，吃飯吧。斯翰把料理上桌，關於他的身世以後再說。

6

三個月後哲欣的廚房已經應有盡有，烤箱、微波爐、果菜攪拌機，煎鍋、平底鍋、深鍋，就差一座洗碗機，那還是斯翰說他喜歡用雙手洗碗，只有食指與瓷碗親自接觸，他才能確定油漬都洗乾淨了。斯翰在這裡自己烤披薩、煎牛排、煮義大利麵甚至炒米粉，煲了一鍋人參雞湯之後，他便收拾簡單行李搬進哲欣的房子同住。

斯翰剛從南部上來，他上一個工作是賣牛仔褲，不是在百貨公司或服裝行賣衣服的店員，而是生產牛仔褲的成衣工廠的推銷員，他的任務是去賣衣服的小店游說店長買進他們家的牛仔褲，賣斷或寄賣皆可，總之就是為那一倉庫的牛仔褲找出路。斯翰說這事時，指著正穿在身上的牛仔褲，然後站起來，在哲欣面前轉了一圈，停在一個翹起電臀呈現完美曲線的姿勢，「我去應徵工作時，老闆要我自己去挑一件喜歡的牛仔褲穿給他看，等到我從試衣間出來，老闆二話不說叫我隔天就上班。」

哲欣笑了，她覺得斯翰一定省略了一些細節沒說，譬如那成衣廠的老闆說不定是女老闆，而且斯翰可能也擺了像此刻的姿勢，而女老闆拍了那翹臀一掌，喊道：「去吧，去迷倒一堆女店長吧。」

「我的業績不壞，我也不討厭這個工作。以成衣廠所在的小鎮為中心，鄰近十個鄉鎮都是我的地盤。一開始是陌生拜訪，挑一般服飾店生意最清淡的下午時間，貨車就停在門口，先不拿成品，走進去裝做顧客東張西望一下，再問店員，有沒有賣像我身上穿的這種牛仔褲？等到聊得差不多了，再去車上拿幾件樣品，回到店裡邊展示邊談合作方式。」

哲欣聽得津津有味，這幾年她的生活重心雖然是在大都市，但因為工作的關係也會在一些小鄉鎮停留，那種服飾店的經營型態哲欣也有印象。有一次她的行李袋不知在哪一個環節出錯，整個不見了，而路程已到中部，還要繼續往南走。用過即丟的貼身物品可以在便利商店補充，但隔天的會議沒有像樣的正裝，於是落腳某家小鎮的傳統旅社後，就找了家百貨行添購。

看店的店員是個很年輕的女孩，雖然年輕卻很幹練，也把自己打扮得很新潮，她只看了哲欣一眼就知道哪一類的衣服適合，快手快腳一下子就搭了好幾套讓哲欣試裝。原本只打算買一套正裝應急的哲欣，最後打包了上衣裙褲等合起來十幾件，而且也許都不是知名大品牌，價錢出乎意料便宜。只不過那幾件衣服回到台北，和哲欣衣櫃裡的衣服品味不太接近，竟一次也沒上身，成了過季的新衣服。

哲欣說了這次小鎮購衣的經驗，斯翰笑了，說：「那些衣服本來就不是要賣給你們這種ＯＬ的，那種服飾店裡的衣服，是讓住在小鎮的女孩穿著以為自己也是都市粉領族。我、賣衣服的店員，還有買衣服的大小女生，不管知道不知道，總之一起參與這個活動，這是人類生活圈的一種型態啊。」

聽到斯翰這麼回答，哲欣楞了一下，高職混畢業，喜歡燒菜的年輕男孩，居然會說出讓哲欣驚訝的話，她突然湧上和剛拿到拍片腳本的那一剎那相同的情緒，她總是迫不及待地翻閱腳本，想知道自己未來幾個月要投入的工作的內容是什麼？就像讀一本小說，她這個讀者對主角的一生瞭如指掌，對照自己的人生，也許不能知道下個月，明年，下一個十年的人生，至少哲欣希望當下，明天，後天她知道自己的生活大概，她突然覺得，有好多問題想問斯翰，也許就從他怎麼會出現在圖書館開始。

7

斯翰終究沒說他為什麼出現在那座圖書館裡，或許是哲欣根本沒問，因為那已經不是問題了，哲欣寧願相信是命運之繩把他們牽在一處，讓他們遇見。

現在他們只在星期天上圖書館，像一種儀式般，每週一日去朝聖，在書櫃與書櫃之間，閱讀的人與被閱讀的書本之間，回味他們的初識。其他時間呢，他們花很多時間去逛超市和大賣場。

斯翰不喜歡去傳統市場，他說雖然以一個專業廚師的水準，應該也要逛傳統市場，因為有很多新鮮、在地又獨特的食材，會在傳統市場中覓得，但是傳統市場會讓他想起不愉快的童年經驗。當斯翰說到「不愉快」的這個詞彙，在父母細心呵護受有良好教養之下成長的哲欣自然知道，如果對方自己不願意談論的話題，是不應該進一步追問的，不過斯翰倒不以為意，他接著說：

「我小時候長得比別人高大，其實才八歲，已經有中學生的身高了，媽媽上菜市場買菜，總要我一道去，作伴之外，更重要的目的是幫忙提菜籃。菜市場在大街上，街道狹窄，上頭又加蓋了遮雨棚，大白天的也灰濛濛的，地上又總是濕漉漉的，人與人摩肩擦踵，魚肉醬料各種氣味混雜，聞了直想吐。手上提著又大又重的菜籃，媽媽盡顧著和賣販或是買客閒談，根本不理會我提著沉重菜籃的手已經僵硬麻痺，這一條街長得彷彿永遠也走不完。」

雖是不愉快的經驗，哲欣卻聽得津津有味，真希望那條街永遠走不完，讓斯翰多跟她說一些麵粉鋪怎麼壓製麵條，醬菜店怎麼醃醬菜，或是肉乾店的薄片肉乾是怎麼烤出來的，不過斯翰總是吊足哲欣胃口後就停了下來。哲欣只記得如果要上市場採買，還是去高檔的生活超市吧。

哲欣喜歡看斯翰在超市裡的雀躍模樣，普通人去到購物場所，能夠毫不在意價錢，想買什麼就買什麼，想買多少就買多少，一般都是很興奮的吧。這個時候，換成哲欣提菜籃了，只不過，不是粗糙的籐編菜藍，而是一台造型簡潔不占空間滑輪又十分流暢的推車，就連購物籃都是和超市色調相襯的綠白條紋，哲欣推著推車，推車的高度適中，她等得無聊時雙手撐著臉，手肘剛好可以枕在推車的橫桿上。斯翰並不需多和看顧攤位的店員閒聊，他花很多時間檢視貨品上的相關訊息，看仔細了才決定要不要放到購物籃內。就連斯翰專心盯著調味罐瓶身上的成分的姿勢，哲欣都覺得很迷人。

她從未想過在大賣場的家電用品部精心審視超大烤箱使用說明的一個年輕男人，竟和她的生活發生了連結，進而成為她生命中的重要人物，光這一點，就夠她覺得迷人了。

8

哲欣談過戀愛嗎？怎麼可能沒有？哲欣剛從美國回來，湘妮帶她去一家小酒館慶生時，問她有沒有男朋友，哲欣說沒有時，湘妮就是那樣誇張地大聲嚷嚷。

不過這是實話，不容易讓人相信的實話。

哲欣的父母在並不年輕的時候才有了哲欣，所以印象中哲欣的童年似乎沒有同年齡的玩伴，父母把哲欣緊緊握在手裡，時時刻刻在他們眼皮子底下。上學送到教室門口，放學在教室門口接，回家後也不去安親班，而是請了家庭老師到家裡來陪著做功課，上高中以前都是這樣的模式。哲欣雖然偶爾也想到怎麼自己的生活方式和其他同學不大一樣，這念頭一晃就過，她也很習慣和父母一家三口安安靜靜過日子。高中時哲欣原想叛逆一下，把她很想讀的一所教會學校填在最前面，那所只收女生的教會學校在中部頗負盛名，而且全部學生都住校，她想試試離家居住的生活。不過母親稍稍懇求一下，說是家人在一起不知道還能有多少年，她就軟化了，只好把鎮上的社區學校列為第一志願。母親說的也沒錯，家人在一起的時光真的已經沒多少年了，母親在哲欣高三那年因癌症病逝，父親沒多久也因老人失智症住進養護之家，撐到哲欣大學畢業，毫無意識地在養護之家過世。

哲欣是在處理父親後事時才知道自己有一個哥哥。為父親辦理除籍手續時，她在全戶的戶口名簿上看到一個陌生名字，用一條紅色斜線畫掉，而且註明某年某日死亡登記。哲欣算算哥哥大她十歲，她在哥哥死後四年才出生，應該是六歲的哥哥死後，父母傷痛之餘努力做人想把哥哥生回來。這件事她沒有任何人可以求證，只能把她常在電視新聞上看到的失去幼兒的故事連結起來，得了罕見疾病耗光家庭財產仍挽不回小小生命；在學校操場和同學玩遊戲不慎從六公尺高的滑梯台掉落；走在路上被用汽油桶自焚的自殺客波及，全身百分之八十三度灼傷……一個六歲生命的消逝，背後應該有一個長長的故事吧？如果父母還在，哲欣一定要問個水落石出，不，如果父母還在，根本不會讓哲欣知道這件事，哲欣是在父母構築的無菌空間中長到二十歲的。

她記得小學中學時的好友芷悅有同樣經驗，她們唯一一次打工經驗時，芷悅冒用了姊姊紫月的名字應徵，當時芷悅說出她知道自己有一個姊姊的事，哲欣沒想到多年後同樣的事發生在自己身上，只不過當她知道時，這個家和她的最後聯繫——住在養護中心的爸爸過世，也跟著完全斷掉了。

原是要說哲欣的戀愛史，怎麼說起她的家族史了？總之因為哲欣並不尋常的成長經驗，讓她從未想過交男朋友談戀愛這一類的事，父母除了工作外，近乎隱居的生活，哲欣也很習慣和自己獨處，像在圖書館裡，優遊於書中世界，不必旁人陪伴，偶爾和女同學們看看電影，逛逛街，就是唯一的交際了。

這樣的哲欣到了三十五歲還不曾和一個男人牽手散步呢，這件事讓湘妮足足笑了一個月。然後湘妮老說要幫哲欣介紹男朋友，卻不曾付諸實現，也許湘妮覺得單身的哲欣可以全心投入工作，還是讓她不要分心談戀愛對公司營運比較好吧。

斯翰可以說是她生命中父親之外第一個男人，因此和他在一起的每一分時光、做的每一件事都像小孩學步學說話一樣，成為哲欣一輩子都不會忘記的東西。

斯翰在室內喜歡只穿一條內褲光著身子走來走去，細細長長的腿在哲欣眼前晃呀晃，甚至用這樣的裝束做飯，只穿著一條內褲的廚師怎麼看這畫面都十分怪異吧。如果不是這幾年工作上的訓練，哲欣第一次看到一個半裸男出現眼前，不知是不是會大聲尖叫？

從小母親就把哲欣打理得十分齊整，在家穿居家服，上學穿制服，參加婚禮宴會穿華麗的衣服，哲欣從小到大所有的生活用品都是專屬的，高中以前哲欣從未吃過便當或是學校福利社買的食品，一直都是母親親手做的飯盒送到學校門口，上大學後，哲欣帶著母親早就備下的大同電鍋和一本電鍋食譜，母親臨別前也吩咐她，盡量自己動手做飯。和湘妮一起組公司後，漸漸召集起來的工作夥伴大多從事藝術工作，或表演或寫作，似乎都有一個共同的癖好，不太喜歡約束，哲欣也慢慢習慣享受不在軌道上的生活方式。離開床鋪可以不摺被子多好，髒衣服堆一堆想洗再洗多好，睡覺不一定要穿睡衣，累得躺下就睡，眼睛睜開就可以開始工作，這樣的日子也很好。哲欣清楚記得自己最長紀錄是像演員連戲一樣身上的外裝五天沒換，連臉上的化妝都沒卸下，早上把掉了的妝稍稍補一補就繼續開工。哲欣的母親如果看到哲欣和同事男男女女睡大通鋪，不曉得會不會當場嚇得再死一回？

還好是不一樣了的哲欣，當斯翰襪子亂丟東一隻西一隻時，她也能不以為意地一一撿起，丟進洗衣機裡。斯翰的牙刷不管是用過沒有，常常不在它該在的位置，哲欣總得順手把它放進牙刷架裡，做了幾次之後便成了下意識的習慣動作，對於斯翰的著衣習慣也是。

9

那次哲欣終於想把斯翰介紹給湘妮，原本要約在外頭餐廳，後來大約是想炫耀斯翰的手藝吧，便決定在家裡請客，客人只有湘妮夫婦。湘妮的先生也在公司裡任職，工作是幫湘妮開車，曾經是私校教師的他，為了讓妻子的工作更有發展，便辭掉工作，成了她的專職助理。

這是湘妮第一次進到哲欣的屋子，為了管控的門禁，哲欣到樓下去接貴客，湘妮的先生藉口還有事要辦，把湘妮送到就原車開走。當哲欣開了大門，要延請湘妮進屋時，突然想起斯翰是否衣冠不整，如果是，也已經來不及了，幸好屋內是一個體面的男主人，一張如陽光般明媚開朗的笑臉，符合他年齡的袖衫牛仔褲，圍上菱格紋的紅色圍裙，加上一個熱情的擁抱，就輕易擄獲了湘妮的心。

斯翰說要準備吃火鍋時，哲欣還覺得明明有那麼多拿手菜，為什麼拿最普通而且可能無法展現手藝的食物來招待貴客呢？當時斯翰神祕一笑，一副「到時候你就知道了」的模樣。果然一餐飯下來，湘妮讚不絕口，斯翰前一天熬好的昆布鍋底，放進斯翰精挑細選的高級食材，量少質精，吃得恰到好處的飽足，還有餘裕享受甜品及咖啡，完全把那種貴婦貪吃又在乎身材的心理握在掌心裡。

離開時，酒足飯飽的湘妮給了斯翰「太棒了」的評價，說完頓了半晌，又說：「不過——，就是太完美了，感覺有點不真實。」湘妮藏在「不過」之後的意思是，你在路邊撿到的流浪狗怎麼可能是血統高貴的比賽狗種？雖然這話沒說出口，哲欣知道，她和湘妮相識二十年了，很多話不必說完全。

10

改頭換面以後的「創意家公司」似乎並不需要哲欣，哲欣也樂得和斯翰兩人過著愜意而有中產階級情調的生活。除了上超市採買回家料理之外，兩人也到各式各樣餐廳嘗鮮，斯翰美其名說是「進修」。台北附近的名店吃遍後，也遠征到台中、高雄，在外地過夜還可以體驗一下五星級大飯店或是豪華民宿。從來不知道自己存摺裡有多少錢的哲欣，這下子倒是清楚了，因為用提款卡領錢的次數一多，便常常需要去補登存摺，一開始哲欣驚訝自己的存款這麼多，後來又覺得不可思議，原來錢這麼不經花，一下子就用掉了。

於是當斯翰說起想開一家餐廳時，很少有煩惱、尤其是為錢煩惱的哲欣，第一次煩惱起要怎麼去籌五百萬元？

斯翰是怎麼說的？

那天斯翰從外頭回來，急匆匆的，球鞋才踢掉一隻，另一隻就帶進了室內。看到盤坐在客廳沙發看電視的哲欣，就忙不迭從他的提袋裡拿出一份A4的文件，掩藏不住興奮情緒的腔調說：「我下午去看了一家店，完全符合我的理想……」

如果從圖書館第一次接觸算起，兩人在一起已經一百四十三天，而且因為是兩個閒人，可以有大把大把的時間在一起，一般情人每天能親密依偎幾個小時就是莫大幸福了，即便是住在一起的家人、夫妻，也有要上班的，要上學的，像哲欣與斯翰二十四小時都黏在一起，相處的時間與恩愛成正比的話，這一百四十三天三千四百三十二小時的恩愛程度應該要乘上兩、三倍。不過事實上也不真的是二十四小時膩在一起，一天中總有幾個小時斯翰不在哲欣身旁。哲欣是夜貓子，晚睡晚起，斯翰原本的習慣如何哲欣不知，不過他說，一個好廚師應該早睡早起，所以每天上午六點多就起床了，那個時候哲欣還在被窩裡。常常哲欣起床後，斯翰不在家，餐桌上保溫杯裡的黑咖啡和一個有蛋有火腿有生菜的三明治，便是斯翰為哲欣準備的早餐。哲欣問過，「這麼一早去哪啊？」通常答案是，「沒去哪，隨便走走。」

那份A4文件打開來是一份開餐廳的完整企畫書，原來那些看房子、找設備、接觸房東談價錢的工作，便是一天又一天「隨便走走」走出來的嗎？

哲欣看那份企畫書倒是寫得很用心，各項規畫也很合理，她也許不懂食材、烹調方法、哪些設備是否必要添購，不過店面租金、押金、裝潢費用她大致還是有個數的，她問斯翰：「那你有多少錢？」

「我只有五十萬，不過，沒關係，給你當大股東，我只要能實現開一家餐廳的願望就好了。」

哲欣才不稀罕當什麼大股東，她曾經是一家傳播公司的負責人兼大股東，但是負責人說換就換，股東也隨時可退股，那種藉著增資稀釋股本更換經營團隊的事，報紙上也看過太多了。她只是對斯翰的任何請求，都沒有抗拒的能力，有時甚至斯翰不需開口，只要哲欣察覺到斯翰的想法是什麼，她就會立即滿足他，從小哲欣的父母就是這樣寵著哲欣的。

於是哲欣去向湘妮開口，她不知道她經營的「創意家公司」值不值五百萬元？湘妮二話不說就開支票，只不過本能地問一句，「要做什麼呢？」哲欣老老實實說要跟斯翰一起創業，她其實很想這樣說，「我們兩個人要去環遊世界，走遍世界每個角落，五百萬能走多遠就走多遠。」如果真的是這樣，也許當斯翰不告而別，帶著企畫書消失得無影無蹤時，湘妮還寧願這錢是哲欣搭郵輪、坐頭等艙、住七星級帆船飯店花掉的。

11

每個人都說哲欣被騙了，加入那因為不可能被騙而登上報紙頭條的名人行列。

她也接過許多次詐騙電話，比較特別的一次是父親過世後回老家整理屋子，這已經是沒有任何人需要依賴的處所了，她打算收一些簡單的物品做紀念，其他的東西就叫清潔公司全部處理掉，誰要就拿去吧。桌子椅子，電視冰箱，棉被衣服，一個完完整整什麼都有的屋子，卻沒有一樣東西是哲欣需要或想要的。即便如此能捨，整理東西仍然花了比哲欣預計還要長的時間，決定物品要或不要很容易，但一旦把那物品歸入「丟棄」的紙箱，和那物品相關的記憶就像打開的電視頻道，一幕幕出現著，所以花在回憶的時間出乎她意料。

以為一天就可以做完的事，她花了一個星期，終於在最後一天的上午，哲欣把戶口名簿放進中型旅行箱，她人生中的二十年就只剩一個皮箱裝著。當她準備離開時，那古老傳統的黑色電話機卻響了起來，沒有人知道她在這兒，那電話可能是找父親的，哲欣出於好奇拿起了話筒，結果是找母親的，她以為是母親的友人，竟是假稱國稅局的詐騙電話，哲欣靜靜聽那年輕卻帶有外省腔調的聲音訴說一個難以取信的故事，終於忍不住打斷對方的說明，「某女士已經去世很多年了，你們的資料也太落伍了。」

只有哲欣覺得斯翰並沒有騙她，他從一開始便沒有打算騙她，一個長得好看的年輕男子，出現在星期天的圖書館本身就是一件很可疑的事，像哲欣這樣能幹的職業女性不應該毫不存疑，那些學歷、身世、過往的敍述多麼需要證據支撐，哲欣卻深信不疑。

哲欣終究知道，斯翰沒有騙她，是她自願奉上錢財，數目和斯翰要求的分毫不差。在哲欣的人生裡，她只學到愛人、相信人，她不願也不會懷疑斯翰一開始就準備要欺騙她。何況斯翰還留了一封信，不是不告而別，信裡一定有足夠充分的理由，只不過，哲欣一直沒有打開那封信。

12

斯翰留了那封信，哲欣一直要過了二年，才有勇氣打開來看，而且是在一個星期天，在圖書館裡。

「星期天是不起眼的紀念日，是身體上的一個小傷疤，是瞬間一閃而過的記憶，是忘也忘不掉的那個人」，那個日本作家這麼說。

我從一開始就計畫在結束時給你寫一封長信，在我現階段的人生，能好好寫一封信，大約是我的唯一長處吧。不知是什麼道理，我的國文程度不錯，如果我不能好好說清楚的事，用寫的往往能達到目的。國中畢業能做什麼呢，若不是到便利商店打工（三大超商好像有規定滿十六歲才能錄用），就只能去當學徒，修車廠的黑手，美容院的洗頭小弟，還有呢，我想不出了。何況我連國中都沒畢業。

你有沒有才十二歲就要自己努力掙錢過日子的經驗，我問過你這個問題嗎？一定沒有，就算有，你的答案不用問也知道。

從小我就比同齡孩子長得高，低年級打躲避球，中年級打手球，高年級打排球、籃球，不管是哪一個階段我的身材都讓所有人寄予主將的厚望。其實我對任何運動都沒有太大興趣，主要是我不喜歡流汗，身上黏黏的感覺讓我很不舒服。五年級時學校的籃球隊教練想拉我進校隊打球，我去練了一星期他就放棄我了，因為我除了身高外，一無是處，既投不準也跑不快，而且我很懶，沒有追球的幹勁。

小學畢業那年，我和我爸大吵一架，我爸罵我是廢物，把我趕出家門。為什麼吵，吵些什麼我現在已經忘了，我受不了有人罵我廢物，長得高打不好籃球就是廢物嗎？看起來很聰明卻讀不好書就是廢物嗎？我高大而成熟的軀體裡其實還是一個十二歲小孩的靈魂啊。

當時我就想，我將來一定要證明我不是廢物給我爸爸看。立定志向很容易，說一些冠冕堂皇的漂亮話也很容易，要做到卻沒有那麼簡單。一開始我躲在大賣場，偷熟食吃，睡在紙箱上，後來我去加油站打工，假稱我十六歲國中畢業，我沒有再進過學校，那些餐飲科、園藝科的事都是和我一起打工的同伴的故事。不排班的時間我就在圖書館裡自己讀書，只有在那兒不會有人問我怎麼沒去上學？

後來我在假日的圖書館認識了一些女性上班族，也許我這張看起來純真誠實的臉很容易取信女人，她們都對我很好，帶我吃好吃的東西，為我買衣服，甚至給我錢，我就這樣在一個一個姊姊們的照顧下生活到現在。懷抱著一個要證明自己不是廢物的夢想，活到二十歲。我只有二十歲，我甚至不叫陳斯翰。

我無法解釋為什麼我要離開，我只是不能和你一起作這個夢，我怕在你的注視下失敗會成為可能，那是我承受不起的事。我會拿這些錢去開一家店，你想像它是什麼樣子它就是什麼樣子，總有一天，你會在某個地方遇見我，我和我的餐廳。

13

哲欣又站在書櫃前，每一本書，每一個書名好像都能讓哲欣想起斯翰，《你管他折不折棉被幹嘛？》、《結不結婚都要給自己一個好理由！》、《男人的上半身去哪了？——所有你需要知道的關於男人與兩性關係的問題都在這兒》、《小倆口經濟學》、《我怎麼還是單身》……這就是為什麼那件事並沒有過去，只要還在圖書館裡，只要眼前還有書，斯翰的臉就會出現在哲欣腦海裡。

看完斯翰的信，她更相信有一天，會在這個島上，再次遇見斯翰，和他開的餐廳。

第三章　傾斜的地板

1

芳荷的焦慮往往在四點時準時萌生。

不管在什麼地方，不管正在做什麼事，四點一到，她立即感覺到一股悶悶的，很難形容的痛覺發自胃的底部，一點一點爬上來，向左滲透，向右擴散，終至感覺到整個胃又硬又重，像一塊巨石般盤踞在身體的正中央。

為什麼是四點，如果是因為金錢的緣故，那麼不應該是軋頭寸跑銀行的三點半嗎？

因為四點，意味著快要下班了，時鐘從四點十分、四點半、四點五十，然後分針移到十二的位置，下班鈴響起。辦公室的人會迅速在五分鐘內，從前門疏散完畢，只剩下芳荷一個人，但是她也必須盡快把室內的電器用品檢查一遍，把燈關掉，闔上處室門，上鎖離開，保全公司的設施會在五點十分開始運作。

她多麼不願離開辦公室，但是賴著不走會啟人疑竇，現代科技社會，每個人在機器之下都無所遁形，偶爾她因為想把手頭的帳目結完，耽擱了一會兒，第二天保全公司的郭組長就來問她：「昨天下午五點二十五分還有人待在辦公室裡，那是不是你啊？」

並且她下班後回到家開始做飯，叫公婆、先生一起吃飯，是一定的時間，如果稍微耽擱了些，那兩個大男人時間到沒有晚飯吃是會發脾氣的。

某一次為了應付主計總處查帳，芳荷和周主任大約加班了四十分鐘，她還事先打過電話回家，可是當晚飯上桌，那坐在餐桌旁的三張臉都緊繃著毫無表情，婆婆出聲了：「多那麼一點加班費有必要嗎？你就做這麼一件事都做不好。」所謂只做這麼一件事是指家事，買菜、打掃、洗衣服、帶孩子、照顧公婆……這些事做媳婦的芳荷都不必做，除了上班，或者假日採買一些家庭用品，芳荷真的只要煮晚飯以及飯後收拾。除了上班，從清晨七點二十分到傍晚五點十分，整個時段馬不停蹄幾乎沒有喘息時間地工作著，換取一份微薄又沒有保障的薪水。果真如同婆婆說的，「多那麼一點加班費有必要嗎？」「那麼一點」，真的是那麼一點，有時候連這「一點」都沒有。

上班時間固定，下班時間固定，該出門的時間出門，該回家的時候回家，所以她和所有同事一樣，在下班鈴響起的幾分鐘內離開學校，是最不花力氣的習慣。

這麼說來，芳荷的焦慮是和下班時間回家有關了？是的，她害怕回家，害怕有一天回家時在家門口看到一個陌生的男人站在那兒，很有禮貌，口氣卻像刀子一般尖利地問道：「吳小姐，您這個月的帳款何時可以繳納？」

2

那個男人不只說一句話，他開始喋喋不休，吳小姐，你這樣不行的啦，錢你都花掉了，錢是你借的沒錯吧，欠債還錢天經地義，你要想想辦法，如果你真的有什麼困難，我建議你跟家人商量。

噩夢在此時中斷，芳荷瞬間清醒，這不是什麼難事，她已經很久沒熟睡過，不是不願而是不能，因為每天的操勞讓她的身體始終處在疲累狀態，總是能倒頭就睡著，只是不超過兩個鐘頭，最多三個小時，就像有個電燈開關一樣，時間一到，開亮燈，於是滿室通明，亮若白晝。這樣誰還睡得著？這就是吃安眠藥的情景，芳荷聽維芩說過。維芩是芳荷的高中同學，也是畢業後少數幾個還有來往的同學，維芩先生外遇那段時間，她每天都無法入眠，於是開始吃安眠藥。

但是芳荷沒有吃安眠藥，她知道生病了要看醫生，要吃藥，可是她不是生病了，她沒有病，如果她是因為生病像是什麼購物強迫症，因為無法控制的購物狂熱買了無數昂貴又不需要的物品，以致負債累累，那麼她也許就可以說服自己去看醫生，但是沒有，芳荷沒有購物強迫症，僅有幾次實在是情緒太過緊繃於是在百貨公司買了幾樣東西，但那是有意識地強迫購物，事後也立即警醒過來，厚顏編個理由去退貨。她完完全全清楚自己是怎麼走到這個境地的。

3

芊芊讀小學五年級時有一次問芳荷，每個人的人生是自己選擇的嗎？當時她正忙著做飯，也沒搞懂芊芊問這話作用為何，不加思索回說：「當然是自己選擇的啊？自己的人生自己負責。」這樣回答也沒什麼不對，教育子女為自己的人生負責，芳荷雖然不是當老師的，身旁都是教育工作者，耳濡目染也知道一些勵志原則吧。然後不知是過了多少年，芊芊高中畢業，考上北部的私立大學，對自己的人生不滿意到極點的芊芊，對於上大學這件事，只有可以離開家稍稍令她有幾分喜悅。父母帶著孩子把一車的行李載到學校，略略安頓好，芳荷夫妻就得趕回程，隔天都還要上班啊。臨走時，芊芊突然冒出一句：「媽，你說錯了，每個人的人生都不是自己選擇的，至少我的不是。」

這個芊芊不滿意到極點，而且認為這不是她自己選擇的，那到底是什麼樣的人生？

芳荷和志民結婚沒多久，芳荷就有喜了，這是張家第一個孫子，志民的大哥雖然早一年成親，但大嫂還沒有喜訊，芊芊的出生應該是在家人期待中的吧。大約只有當醫生宣布是個女孩時，芳荷感受到婆婆微微的失望，「第一胎嘛，生女兒好，將來可以幫忙帶弟弟。」雖是寬慰之語，怎麼聽起來沒有讓芳荷高興起來的腔調？芊芊作為「招弟」的期待在芳荷這兒沒有發生作用，倒是應驗到張家其他人身上，接下來幾年，志民的妹妹出嫁後接連生了兩個外孫，久未懷孕的大嫂在醫生的協助下竟懷了雙胞胎，而且都是兒子，婆婆對芊芊也許仍有同居一屋的祖孫情誼，但生不出兒子的媳婦芳荷的地位就一落千丈了。

婚後芳荷辭掉鎮公所臨時雇員的工作，那是靠著吳爸的關係幫芳荷允的差事，因著是份不高不低、食之無味棄之也不可惜的工作，芳荷決定辭掉打算當個專職主婦，但是一個屋簷下有兩個主婦的日子實在不好過。那時芳荷的婆婆身體還健朗，說真的，不講究生活品質的普通人家裡也沒有那麼多家事要做，直到芊芊到了可以上幼稚園的年紀，那期待中的第二個孩子（當然最好是兒子）也沒有如預期到來，芳荷便慫恿志民搬到鎮上賃屋。

芳荷很少對什麼事情表達強烈意見，大事是，小事也是。一開始志民對於搬離家中另住並不同意，志民是個被動又懶惰的男人，搬家太麻煩，和父母一起住，生活中省了許多瑣事不說，家庭用度少了許多，他也就不必去努力賺錢。

那麼那一次，芳荷為什麼會堅持呢？連自己都覺得很驚訝，或許是因為那天在廚房又和婆婆有了小爭執吧。芳荷進了張家門，第二天很自然就接收起在廚房煮飯燒菜的工作，這也是普通人家自然的發展。但是婆婆對自己的領地有強烈占有欲，當芳荷拿起菜刀開始切菜的那一刻起，就感受到婆婆在背後穿透衣物投射過來銳利而不友善的目光。此後婆婆不停教導芳荷怎麼使用廚房的器具，連菜要怎麼切都要按照婆婆的方式，總之是希望在廚房複製一個和她一模一樣的主婦。那天芳荷在廚房切高麗菜，也許是腦中正想著什麼事，不知不覺菜刀慢了些，菜切得粗了些，婆婆靠過來，搶走芳荷手中的切菜刀，喝了一聲：「走開，我來就好。」芳荷讓開位置，不知所措地站在一邊，真真切切感受到這小小的廚房並不需要兩個廚師，甚至覺得那高麗菜切粗切細切大切小到了肚子裡都一模一樣，而她卻得因為高麗菜的粗細提起十二萬分精神來應付。

也許是連反對都懶得花力氣吧，反正芳荷說她自己有些積蓄，搬出去後也會工作賺錢貼補家用，志民也就同意住到鎮上去，對在保險公司擔任保全的他上班之路近些，芊芊轉到鎮上小學的附設幼稚園就讀費用也比私立幼稚園便宜。

芳荷高職讀的是商科，在大部分人都才剛開始使用電腦時，芳荷買了一台電腦以及周邊配備，接一些文書處理的工作在家裡代工。一開始生意不錯，讓芳荷讚許自己做了正確的決定，但好光景不過幾年，很快的，人人家中都有家用電腦，公司職員也必備文書處理能力，芳荷花很多錢買的電腦設備迅速過時，跟不上新型電腦的功能，也就毫無競爭力。勉強又撐了一年，實在入不敷出，芳荷賺的錢連付房租都不夠，只好又搬回婆家住。

就是在這搬進搬出一來一往之間，芳荷的人生終於走成那樣吧，在往後歲月裡，她常常這麼想。不是有人說過嗎？如果過的是和自己身分不相稱的生活，就會時時感覺自己站的地方是傾斜的，於是經常要努力調整姿勢，擺一個和傾斜的地面相應的角度，如此才能保持站立的姿態，不至於傾倒。這是維苓說的？還是她對維苓說的，那一次她問維苓，「你看我，我是不是常常佝僂著身子？」維苓打量了她一下，這些話大約就是那時候說的。

什麼是和自己身分不相稱的生活？

芊芊上小學以後，第一次班親會，教音樂的級任老師對芳荷說芊芊很有音樂天分，不要辜負了，於是芊芊開始學古典鋼琴，先是一個星期一次在下班後的級任老師家裡，而且邱老師還幫忙推薦了一台樂器行淘汰的中古鋼琴，說是價錢公道、音色也不錯。學了三年，邱老師說她教不了芊芊了，介紹了另一位名師。郭老師住在鄰鎮，為了接送學琴的芊芊，只好分期付款買了一部車，每個星期六下午，芳荷開車送芊芊到郭老師家，芊芊學琴的那一個小時，芳荷就在附近閒晃，週末午後，寧靜的住宅區時不時傳出鋼琴聲，原來學鋼琴還真是全民運動啊，幸好我們家芊芊也學了，要不然她跟她的女同學怎麼相處呢？當時芳荷這麼想著。

邱老師和郭老師都說應該讓芊芊去讀音樂班的，都學這麼久了，不繼續下去很可惜的。芊芊小學畢業時，芳荷他們已經搬回位在鎮郊的婆家，電腦設備以及陸續添購的大型家具都以和購買時不成比例的價錢處理掉，只有鋼琴跟著搬回去。婆家所處的學區國中沒有音樂班，芊芊考進鄰鎮國中的音樂班。當時芳荷已經在小學頂了總務處的工友職缺，每天一早先開車送芊芊去上學，自己再去上班，一個小時內橫跨了兩座鄉鎮，芊芊是全校最早到的學生，芳荷是全校最晚到的教職員工。

芊芊早就吵著要換鋼琴，還說得再學另一種輔助樂器，郭老師的鐘點費隨著芊芊的琴藝進階而不斷調漲，漲到芳荷無論如何也負擔不起的數字……這就是和身分不相稱的生活吧。

然後芊芊說她高中要讀普通科，不讀音樂班了，原因是，這爛透了的人生。

4

芳荷家不時興自由戀愛，這是什麼意思？芳荷那在日本讀過短期大學的母親服膺女人的婚姻是終身大事的理論，在孩子還小時，就已經開始為孩子留意合適對象。芳荷兩位姊姊都是國立大學畢業生，最後卻選擇父母安排的對象結婚，雖然也是家鄉子弟，但家世殷實，自身也有本事，一位在股票上市公司做到業務經理，一位自己開公司做進出口貿易，兩位姊姊的婚姻都算美滿，只有小妹是和大學同學談戀愛，畢業後等男方服完兵役一起出國讀書，而芳荷呢？

芳荷的婚姻雖然也是父母安排的，不過媒人介紹相親後，兩人交往了一陣子，算是芳荷點頭後才論及婚嫁，但芳荷心中總是隱隱覺得委屈，因為一開始安排的對象條件就不是太好，認識後對方殷勤追求，芳荷也不是能果斷作決定的個性。如果一開始父母安排的相親對象條件好一點不就好了嗎？芳荷在結婚當天拜別父母時，奉茶給吳爸，那一眼對望的眼神中其實就有這樣的意味。也許不需芳荷表示，吳爸也覺得相對於吳家另兩位千金，這門親家是不夠體面，在芳荷歸寧宴上，多喝了兩杯的吳爸，居然把新娘子帶到餐廳的角落裡說：「芳荷，不要怪爸爸沒給你挑更好的男人，你自己的條件也沒多好啊。」

父親說的沒錯，志民專科畢業，四肢健全相貌端正，眼下在保險公司當保全的工作也還穩定，相對只有高職畢業，又是臨時雇員的芳荷，不能說是低就了，但是芳荷新婚之際，仔細打量自己的新居，想到務農的公婆以及除了看電視沒有其他興趣的先生志民，總是覺得自己應該值得更好的婚姻。

5

那在夢中逼問芳荷的男子並未在現實中出現，現實是一個寧謐的假日，稍晚的早餐剛過而午餐不急的時間，不過，早晚會出現的，芳荷知道。

因著連續假期而回到家裡過節的芊芊正窩在客廳唯一正對著電視的沙發上，電視機開著，第四台系統不穩定，已經沒有繼續繳費只是有線電視系統業者懶得派人來切斷線路，既然是免費收看，收視品質如何也無法講究了。何況，芊芊的心思也不在那上頭，她專注地滑著手機。

芳荷在芊芊身旁坐下，她無法專注做任何事，整天昏昏沉沉，在學校好像靈魂留在家裡沒跟來，回到家又像精神層面的芳荷還在學校工作，感覺一個人分成兩個部分，而那兩個部分都是獨立的個體，怎麼也合不攏來。

「你為什麼突然放棄學鋼琴？都學了這麼多年，花了那麼多學費，放掉不是太可惜！」

芊芊停下滑動手機的手指，抬起頭看了芳荷一眼，又低下頭繼續之前的動作。

「現在才問不嫌太晚了嗎？」

是啊，芊芊高中放棄考音樂班時就該問的。拖到現在也只是芳荷覺得應該回應芊芊多年前的問話：「我的人生是自己選擇的嗎？」芊芊也許只是順口問一句，也許她自己尋思到了屬於自己的答案，倒是芳荷自那時起，便不斷地問自己，她的人生是自己選擇的嗎？

芊芊發問卻不期待答案，當年是、現在也是，她整個人的注意力都集中在手上那部智慧型手機，那手機是芊芊自己買的嗎，還是她爸爸買給她的？也可能是芳荷付的錢，她從來沒有能力拒絕芊芊的需索，不管那東西芳荷能否負擔得起。

芳荷順手拿起桌上的報紙，正面是許多明星穿著昂貴的名牌服飾的華麗照片，她隨意瀏覽，目光捕捉到一則訊息，某位年輕貌美的女明星說，一萬多元的鞋子很便宜。最好是，一萬多元一雙的鞋子有幾個人買得起，芳荷在心裡嘀咕著。不過，看影劇版就像看浪漫言情小說，灰姑娘被富家公子拯救的故事，寫書的人和看書的人都知道那只是傳奇，打發時間用的傳奇，沒有人會當那是真實人生。芳荷翻到背面家庭版，一位經常在這版面寫稿的作家在闡述她與牛肉麵的往昔記憶，然後說那麼美妙的滋味，一碗「只要」兩百元。

兩百元，一碗牛肉麵這麼貴？她印象裡牛肉麵破百她就嫌貴不想吃了，兩百元可能是芳荷家一星期的菜錢，像他們這樣的小鎮人家日用消費並不太多，公婆原先打理的果園早就出租出去了，兩老閒著沒事在屋後的空地種了一些高麗菜、絲瓜、茄子、小白菜等蔬菜，自家吃的蔬菜基本上不必花錢買，加上自己種的菜收成後多的分送鄰居，收了青菜的左鄰右舍也會回饋一些魚啊、肉的，所以說兩百元一碗的牛肉麵可以說是張家一星期的菜錢了，這麼說來，芳荷在學校的工作雖是臨時聘雇，幾乎是政府規定的基本工資，應該也夠過日子了吧。

一碗兩百元的麵不管是拉麵、牛肉麵，芳荷也吃過。

芳荷記得那些送芊芊去鄰鎮學琴的日子。週末下午，開著剛買的新車，先到學校去接芊芊，有升學壓力的國中生，星期六是不該放假的，何況芊芊還有學校樂團要練習。接了芊芊，沉重的書包放在後座，母女難得可以在半個小時車程小聊一下，芊芊經常繃著臉，太多要努力的事讓她輕鬆不起來。等到芊芊練完琴，一臉疲累又坐回車上，能讓芊芊稍微開心一下的話題便是，我們去百貨公司美食街吃飯吧。

百貨公司裡有太多太多讓人看了就心情愉快的東西，皮包、當季服飾、化妝品，還有一些是他們這樣的生活方式永遠用不著的物品，像是按摩椅、膠囊咖啡機、六十吋大電視等，不過也有很多讓芊芊這樣十二、三歲少女會動心的東西，譬如標榜彈性鋼絲讓你更有型的少女內衣，或是顏色粉嫩豐潤光亮的唇膏。芳荷當然知道要節制，只是有時候為了讓芊芊被課業、練琴壓得喘不過氣的蒼白臉上多幾分喜悅與歡樂，芳荷偶爾也會給芊芊買一件俏麗上衣或久久添購一支口紅。

在百貨公司稍微逛一逛之後，接近晚餐時刻，母女倆便到美食街去用餐，芊芊喜歡吃日式炸豬排飯，即使食客大排長龍店家抱歉連連說要等上四十分鐘，芊芊也不肯放棄，看到芊芊咬了一口剛炸好油滋滋黃澄澄的豬排，臉上那種滿足的神情，芳荷也沒辦法再去計較那一客一百四十元的料理了。那個時候，跟在芊芊身後，相對於在前頭蹦蹦跳跳看到什麼都好奇地去碰觸一下的芊芊，盡量以優雅的步伐閒閒逛著的芳荷，不曉得是不是傾斜著身子，或者她努力站直身子奏效，完全看不出傾斜的姿態？

「你不是想知道我為什麼不再彈琴了嗎？」

芳荷還沉溺在一碗兩百元的牛肉麵中，突然聽到這句話嚇了一跳。

「我不知道才華是什麼東西，怎麼來的？與生俱來的嗎，遺傳自你們的嗎，還是後天努力慢慢堆疊出來的？不管是哪一種，我只知道，我沒有成為音樂家的才華。」

芳荷也不知道才華是怎麼一回事？她也只知道自己沒有當女兒的才華，沒有當母親的才華，沒有當妻子的才華，說不定，連怎麼當一個女人都不知道。

「沒有音樂才華的人待在音樂班有多可憐你知道嗎？別人練十遍就像樣的樂曲你練了一百遍還沒感覺，都不必別人說，自己清楚知道。像我這樣沒什麼音樂才華，只為了滿足自己或父母的虛榮心而進入音樂班的人當然還有，班上真正有才華，將來有機會成為音樂家的大約只有個位數。可是，她或他們有財富做後盾，古典鋼琴之外，可以再學小提琴或其他管樂器，會的樂器多了，就算每一樣都不出色，多藝好像也就多才了，而我們家，根本不可能讓我再學其他樂器，你一直都在打腫臉充胖子，別以為我什麼都不知道。」

說到底，才華也和金錢有關，芳荷彷彿懂了，她感覺連坐著的身姿都無法端正，漸漸整個身子向地板傾斜，若不努力撐著，就要從沙發上滑到地面了。

6

芳荷一家搬回婆家居住之後，吳爸又幫芳荷允了一個臨時雇員的工作，這次是在鎮上的小學當工友，分派在總務處專門協助主計主任整理帳目。芳荷商職畢業，做這工作看起來很合適，但她其實更希望待在學務處、教務處或輔導處，做什麼都可以，就是不要跟金錢或數字為伍，每一張五顏六色的鈔票彷彿都在教訓她，數落她的罪惡，她不是金錢的主人，是金錢駕馭了她。不過一方面她無法向任何人訴說自己這種無以名狀的感受，一方面她也沒有立場挑三揀四。

吳爸怎麼這麼有辦法？不是吳爸有辦法，是吳媽。芳荷有四個姊妹，她排在中間，兩個姊姊，一個妹妹。也許是都生了千金，在吳家，女兒的地位並不卑微，而且芳荷的母親娘家頗有靠山，芳荷是出嫁後才有女性是第二性的感覺。吳媽的娘家不但家境殷富，家族也有子弟在地方或中央為官，吳媽的父母親為她選擇當小學老師的吳爸，從此之後，吳爸這個男人以及他身邊的人就都納入吳媽保護或操控的範圍。

國小總務處這份工作，芳荷越做越弄不明白，整個辦公室裡明明她薪水最少，學歷最低，能力最差，卻是這處室裡做最多事，最忙碌的人。

尋常的上班狀態是這樣，「星期三行政會議的開會通知今天要全部發出去喔」、「下午請跑一趟教育局，去拿一份資料」、「這個月的教職員薪水還沒做出來嗎，再不快點，下星期校長要帶球隊出去比賽，會來不及批」……似乎每一件事都得盡快完成，她常常希望自己有三頭六臂，就可以同時做好幾件事，再多工作也不必擔心做不完了。芳荷常常忙得沒有時間上廁所或是喝口水，有一次她匆匆跑進教職員專用的廁所，蹲下後才發現沒有帶衛生紙，跑回去辦公室拿恐怕又沒有時間再回來了，她只好忍著不用衛生紙的不便，繼續下一件公務。當她在飲水機旁就著噴水口喝了兩口水，因為喝得太急嗆到咳了兩聲，從她身旁經過的出納陳組長說，

「不要急，還沒做的公事不會有人幫你做掉的。」是啊，就像另一個芳荷常做的噩夢，洗手槽裡的碗盤越積越多，一餐份，一天份，兩天份……堆得快要從洗手槽滿出來摔到地上了，也不會有人幫她把髒碗盤解決掉。

她看著陳組長晃盪著悠閒的步伐走回辦公室的背影，不只是陳組長，周主任、楊組長、鄭校長或是其他處室的組長、主任，學校裡的老師，誰都可以不急，慢悠悠的，鐘敲了五分鐘再拿起上課要用的教材往教室移動，反正學生都在那兒嘛，這節課要完成的內容就這些，少說多說兩句話，結果是一樣的。誰都可以不急，只有芳荷，不能停下來，必須一直前進，她急匆匆趕著路。即使這樣，都還能感受到在自己身後半步遠的地方，有個人影，只要她一停下來，就會趕上來說，「吳小姐，你這個月信用卡的應繳金額什麼時候可以入帳啊。」

「吳小姐，你這個月信用卡的應繳金額方便這兩天匯進去嗎？」芳荷正趕著到教育局去送公文，就在校門口，猛不防被一個穿西裝打領帶的壯漢攔住時，她以為只是自己的想像，那在急匆匆趕路中如影隨形隱隱的威脅，還差點直接往對方身上撞過去。

總算來了，終於出現了，芳荷心中一直懸著不知什麼時候會出現的人此刻就在她面前。她試想過無數次當這個代表銀行的人出現時會有的場面與對話，實際出現時，卻和自己的想像完全不一樣。

她腦中一片空白，不知道對方是怎麼跟她說的，不知道有沒有人看見或聽見她和這個人的談話，不知道接下來她是否如期去把公文拿回來了，她只記得最重要的事是打電話給二姊，跟二姊約時間見面，就像那個人說的，「如果有困難的話，你應該跟你的家人商量」，是的，她有家人，有家人可以商量。

7

芳荷請了一天假。芳荷很少請假，除了週休，有忙不完的家事讓她的假日比上班日更疲累之外，她有限的年休假都要留著和志民帶芊芊在島內度假，還得留一、兩天應付志民家的人，像是大哥大嫂或是小姑帶著孩子回來度假，婆婆都會要芳荷請假在家料理三餐，幸好這個時候婆婆會拿出加菜金，芳荷一家人也可趁機打打牙祭。芳荷這次請假沒跟家裡說，遞假條時說了要北上跟姊妹們聚會，芳荷也很少說謊吧，真的必要時她倒也知道謊言要有幾分真，才不容易被揭穿。

她一早如常出門上班，直接到客運站搭了開往台北的客運車，因為家裡人不知道她請假，所以她得準時回家做晚飯，她刻意看好了回程的搭車時刻表，扣除車行時間，她只能在台北停留三個小時。

跟二姊就約在車站附近百貨公司的咖啡座，早先在電話裡約時間時，二姊就疑惑著，「什麼事不能在電話裡說，一定要專程跑一趟？」二姊在自家公司上班，時間比較彈性，芳荷說了個時間地點她就準時出現了。

二姊一見面顧不得寒暄，劈頭就問「到底什麼事？」當芳荷說出她欠下數百萬債務，來向二姊求助時，二姊慌得差點打翻剛送上來的咖啡。

「我就知道事情非同小可，昨晚跟大姊通電話時就在猜，是不是要鬧離婚，還是健康檢查發現得了癌症……倒沒想到是要借錢，怎麼搞的，怎麼會欠這麼多錢？……數百萬是多少？一百萬還是九百萬？……這事我一個人不能作主，得等大姊來。」二姊隨即撥了電話給大姊，要她立即趕過來。

其實芳荷不知道自己的債務有多少，她不敢面對，也沒有多少機會自己一個人靜下來把事情想清楚，只有前幾天，那穿西裝的壯漢出現時，她無論如何按壓不下慌得騰升至喉頭的心，於是打個電話回辦公室，說是突然身體不適要請假。這種事在福利完善的公家單位十分尋常，她身旁許許多多階級及薪水都比她高上許多的同事，固然有認真勤奮做事的，但更多的是把自己的權利和福利擺在第一位的人。那天下午她一個人在鎮上咖啡廳，點一杯咖啡，坐了好幾個小時，這些年鎮上多了幾家裝潢很有特色的咖啡廳，有些是城市裡的大型連鎖店注意到了小鎮的消費能力，把做生意的觸角探進原本還是泡沫紅茶或冰果室為主的消費型態的小鎮；有的是少時離家求學工作的遊子返鄉來創業，喝一杯咖啡不需要刷卡，可是若是三、五好友或同事聚餐，餐費加飲料費用刷一下卡就解決了，多好。有時同事聚餐芳荷會搶著去刷卡付帳，同事們再算錢給她，於是她手頭就多了一些可以運用的現金，同時，她的信用卡的債務也就添了一筆。就在這個下午，她稍微理出一點眉目，清楚自己欠下的債務，信用卡、信用貸款、車貸、會錢……化成一個七位數的數字，她也清楚自己只剩下最後一條路，下定決心跟姊姊們開口。

人姊坐下時也是一樣的語氣，「你是怎麼回事，怎麼把自己搞成這樣？」怎麼回事？芳荷真的能說清楚嗎，吳家人都是人生勝利組，在他們的字典裡，是沒有失敗這個詞彙的，自己書讀不好是失敗，孩子成績不好是失敗，丈夫沒有好工作賺不到錢是失敗，身體沒管理好生了重病是失敗……這些事吳家姊姊妹妹都沒有，而欠下大筆債務這件事更是在吳家姊妹們的生活裡完全無法想像的事。

當你們穿著設計師服飾、踩著高貴皮鞋、提著名牌皮包，看著我那夜市買的皮包袋角已有明顯磨損時，輕描淡寫說，「芳荷，你那皮包該淘汰了」，那時我該怎麼回應？過年過節回娘家，你們拿出厚厚一包誰都可以掂出分量的紅包給爸媽，讓我那薄得可憐的小紅包羞澀地躲在口袋裡掏不出來，我能不多補幾張人鈔嗎？還有，經常邀約上館子、吃大餐、喝下午茶、家族旅遊，雖然你們擔負了比較多的花費，可是我也不能點一客簡餐都厚著臉皮賴著給你們付帳吧……

這些事，那些事……芳荷很想一一訴說，但是她說不出口，她感覺腳上的地板又開始傾斜了，明明坐得好好的，那地板卻以奇特的角度傾斜著，三十度、四十五度、九十度，不，不夠，一百八十度扭轉後停在七十五度的方向，那種角度，別說站立，也不可能坐得住，於是芳荷把兩隻腳伸離地面，藉著枕在椅子邊緣的屁股的力量讓自己浮在空氣中，以這樣的姿勢，隱藏在桌布後頭不被姊妹們察覺的姿勢，她才能回答這個問題。

「志民他跟著辦公室的同事買黃金期貨，一開始小小地玩，小賺點之後越玩越大，小輸一點後也會想辦法補足資金，後來越輸越多，財務破洞越補越大，終於沒有錢填補，只好任由斷頭。血本無歸不說，欠了好幾百萬，我也幫他借了不少。」

當二姊用她一貫洞察先機自信滿滿的語氣對大姊說，「我就覺得那個張志民是個沒出息的人，當初來相親時我就說過了，偏偏老爸不聽我的」時，芳荷深深覺得已經不是地板的問題了，自己確確實實成了被自己瞧不起的卑劣的人。

8

從台北回到家，芳荷衣服都沒換，迅速走入廚房，開始料理晚餐，半個小時內晚餐上桌，公婆和丈夫一如平日面無表情用過餐，回到自己的臥房看電視、就寢。

等芳荷洗淨碗盤，把廚房抹擦一遍，再把待洗的衣物簡單處理後放進洗衣機運轉，終於可以走回臥房時，她感覺自己連最後一分力氣都快要用完了。此刻她需要換上輕便的衣服，坐下來，躺下來，徹徹底底放鬆，才能蓄積出足夠的力氣，再次站起來，繼續應付人生。

她走進臥房，志民沒有坐在平日他看電視的位置，那電視是他們搬出去住又搬回時帶進來的少數家具之一，芳荷根本不知道這應該是彩色的電視機是幾吋的，畫質如何，有哪些頻道等，她幾乎沒有時間坐下來看電視。但是她很慶幸搬回了這一台電視，因為那讓她的丈夫有事情做，當芳荷努力以最有效率的速度做著許多事時，至少她的丈夫坐在電視機前，專心、安靜甚至跟著電視播放內容發出哈哈呵呵的笑聲，而不會在她做事時在一旁嘮嘮叨叨或是指指點點。

因此志民那站立的、有所等待的姿勢顯得多麼陌生而不尋常。志民交給她一封信，比明信片更有隱蔽感、一張A4紙折三折把重要資訊都藏在裡頭簡便的信，說是今天有人到家裡找你，留下這封信，最近家裡電話常有銀行打來找你的。說完這簡單兩句話，志民就坐回那電視機前的位置，先是電視新聞熟悉的片頭音樂，接著過一會兒就安靜下來，聲音聽起來像是影集裡的對話。

就這樣？志民不多問什麼？不像大姊、二姊一樣劈頭一句你是怎麼搞的把自己的人生搞成這樣？芳荷看著手上的這張紙，某某銀行寄來的，跟銀行常有往來的人會以為是對帳單、宣傳品或是一些訊息通知，但像芳荷這樣的人不需拆開就知道裡頭的內容。封面有一行粗黑的字「謹慎理財　信用無價」下面是「非本人請勿拆閱」，還有一行字體較大套紅顏色加邊框的「急件、速拆閱」，她不需急速拆閱就知道裡頭寫什麼，銀行的人為什麼到家裡來，為什麼打家裡電話？當然是因為芳荷不接手機，她早就不敢隨便接手機，只有顯示張家和吳家以及辦公室少數幾位同事的電話號碼，此外的電話不管有沒有顯示電話號碼她一概不接。

志民無法多問什麼，不能像大姊、二姊一樣劈頭一句你是怎麼搞的把自己的人生搞成這樣？芳荷的人生成為現在這樣志民也有份，她的人生從和志民結婚、嫁入張家就從原本平衡狀態漸漸傾斜。志民不會無知無覺到不知道這件事，他也有責任，卻能一副事不關己的模樣置身度外，似乎這一切和他一點關係都沒有，他，也是芳荷的家人啊。

說謊要有三分事實基礎，否則是無法取信於人的，芳荷對姊姊所說的欠債的根源也不完全是假話。應該是從又搬回婆家那時間點開始的吧。芳荷剛進入小學工作，陌生的環境和不熟悉的業務，讓芳荷得花很多力氣學習與應付，而志民卻在這時辭去保全的工作，沒有跟芳荷商量或告知就自顧自辭職，理由是他年紀漸長，上司欺負他總派他值大夜班，三更半夜不能睡覺的工作他做不了。當時芳荷知道了兩口子吵了一架，「天底下哪有不辛苦的工作，我的工作也有很多我做不來，要學啊，你這年紀哪算年紀大，別人能做你不能做！工作辭掉你接下來要做什麼？」說是吵了一架其實是芳荷一個人在大呼小叫，志民是沒脾氣的男人，這應該是「丈夫」這個身分很大的優點吧，志民讓芳荷發洩完，只說了一句，「工作再找就有啊」。

接著志民開了一陣子救護車，跟朋友合夥批發水果販售，到議員服務處做了短暫的助理工作，然後就沒有了，他開始上午在家對著電視看股市行情，短線進出，有限的資金謀取有限的差價。學商的芳荷對上市公司、股票買賣的事並不熟悉，那些金錢數字太大，不是她這種當小會計的人需要理解的。之後志民開始跟她要錢，要她搭會、辦信用貸款籌資金給他，芳荷盡可能滿足志民的要求，沒脾氣的他多的是磨菇的力氣與時間，何況男人要做事業啊，當老婆的怎麼能不幫忙？結果可以想見，幾十萬的會錢，幾十萬的信用貸款，不管是後面幾個零的數字，一投進去就不見了，消失得乾乾淨淨。

本金不見了，債務卻不能不還，這個時候，志民倒是很有男子氣魄，他說自己欠的錢自己還，他和大哥商量，借了一筆整數的款項，把算是他欠下的大部分的債務還掉了，再每個月還給大哥一萬元，直到還完。大哥願意這樣做已經算幫大忙，大家都有家累，孩子越大越需要用錢，志民夫妻應該感恩了。只是沒有固定工作的志民，每個月哪來一萬元還給大哥？每個月就有一天，志民會對芳荷說，「明天要拿一萬元給大哥」。

如同當初芳荷幫志民搭會、借信用貸款一樣，芳荷沒有能力說「不」，說「沒有」，只能自己想辦法，再去借，再借一筆信用貸款可以撐好幾個月，甚至一年；沒有多餘信用可以辦貸款了，還有信用卡、還有現金卡。那設在大賣場隱蔽角落的一間玻璃屋，毛玻璃遮蔽了裡外的風景，看看四周沒人在注意著，迅速拉開玻璃門進到僅容一人的小房間，裡頭有一張椅子，讓你坐著慢慢操作，機器不熟練？沒關係，旁邊有一個話筒，拿起來不需撥號，就會有人告訴你卡插進去後，按幾個數字，就會有錢跑出來。不需跟任何人開口，獨自面對機器，按幾個按鍵，問題就解決了，這真是天底下最棒的事了。

天底下最棒的事讓芳荷走到了萬劫不復的境地，有時候她很氣，銀行為什麼要給她這麼多卡片，雖然信用額度都不高，但十幾張算下來可以借到超過她二十倍薪水的錢，都已經刷爆好幾張卡了，她卻還可以繼續在大街上、百貨公司裡隨便一個促銷信用卡的攤位上，再辦一張新卡。不必任何抵押品，連薪水條、扣繳憑單都不必，只要拿出她的服務證，她曾經很老實地說，「我不算正式公務員，只是約聘雇」，那個有著甜美笑容的銀行業務人員笑得更親切了，說：「沒關係，可以的。」

9

二姊寄了一封裝滿資料的信給芳荷，確定她收到後還打了個電話，告訴她一定要認真研究。這些都是能拯救她的訊息吧，其中一張紙上寫的是一個類似成長團體的活動，由某心理諮商協會主持，看起來像是讓一群卡奴圍坐一起，談談自己為何變成卡奴的悲慘際遇。雖然大姊二姊答應幫芳荷想辦法，只是她們也固執地希望芳荷看著自己，看著鏡子裡的自己，看吧，你就是這樣的人，虛榮、好享受、意志力薄弱、不懂得規畫自己的人生，你就是個失敗者，看清楚，不要忘記自己失敗的經驗……大姊二姊是她的家人，家人願意幫助她，條件是你必須承認自己是徹頭徹尾的大輸家。

照道理芳荷是絕不會去參加這種活動的，那一天，她在家裡和志民不太愉快，當然是為了錢。志民跟她要一萬元，說了一個她聽不懂的用途，不管聽不聽得懂，芳荷都不會給他，因為她沒有。

看著志民那一臉不能理解的模樣，為什麼沒有？為什麼以前有現在沒有？芳荷不想多說，一開口她就暴怒，會有一連串可怕的詞語從她口中流出，「沒有了，我口袋裡只有五十元，連加油的錢都沒有了，還要一星期才發薪，你應該煩惱的是五十元怎麼過一星期？每一張卡都刷爆了，連現金卡都到了上限，能開口借錢的同事都借過了，所有可以用的謊言、藉口都不知用過幾次了，我沒有，沒有錢，沒有辦法。」

她默默走出家門，不想開戰，只有選擇離開戰場。走在八點檔黃金戲劇上演街道空盪安靜的時刻，突然想起這天晚上正是那協會聚會的日子，就在鎮上的里民活動中心的會議室，於是她走了進去。

一個工人模樣的中年男子說，他就是臉皮太薄，不知道如何拒絕別人。每天中午和同事一起吃飯，各自點了一份餐，邊吃邊聊，他吃得快，常常吃完聽大家說話，等到大部分人都吃完了，卻沒有人要起身去付帳，他按捺不住，就想今天請次客吧，沒想到成了習慣，等著跟他一起吃午餐的同事越來越多，他欠的卡債也越來越多……；一個外表打扮乍看很樸素，仔細一瞧仍可看出高貴的品味，那脖項上的項墜，那小指上的黃金尾戒，還有臉上彷彿素顏其實是高明的裸妝，果然她一開口，就是自己的購物清單，她說那些店裡的每一樣東西都在跟她招手，「帶我回家，帶我回家吧」，她不過是回應它們的期待而已……

每個人說起他的遭遇，芳荷都覺得像天方夜譚。一個聲音在她胸中吶喊著：我不是，我不是，我不是那種人……正當她想悄悄離開時，接著說話的人開口第一句話就讓芳荷準備離開的姿勢停了下來。

「如果我不開始借錢，我的人生也是一點機會都沒有。」這是一個單親媽媽，在車站附近跟一家中藥店租了騎樓賣燒餅油條，每天天未亮就出門，辛辛苦苦工作，耗盡每一份力氣才能養活自己和孩子們。只是後來這條街上漸漸開起了口味偏西式的早餐店，左邊是，右邊也是，剛好中藥店的老闆因為生意不好，想讓出一半店面，於是幫她出主意，起會、向銀行辦小額貸款、跟民間當鋪借錢……每一分錢都是借來的，這樣的生意多麼難做啊。

「每天賺的現金還利息都不夠，只好繼續借，終於……最後想做回原來的燒餅油條都沒辦法。我常常想，是不是我只是運氣不好，如果我運氣好，應該可以把小生意慢慢做大吧。」

原來站在傾斜地板上的，不只芳荷一個人。

10

芳荷這個年紀的人是不會去想人生啊、選擇啊什麼的，就是過日子，一天一天，一月一月，一年一年，一直走到自己都不知道何時何地到來的盡頭。她也許漸漸能理解芊芊為什麼不滿意自己的人生，但是她無能為力，她連自己的人生都無法應付，已經沒有力氣與能力去關注芊芊的人生了。

第四章　不存在的時間

1

每個人都有許多夢想，一路伴隨著長大。小時候想要洋娃娃、遙控汽車等玩具，想到山坡上放風箏，想去百貨公司搭電梯，長大了想讀好學校，想談戀愛，想到處旅遊，想賺大錢住豪宅，想從事自己喜歡的工作等等，不管是物質的或精神的夢想，大部分人的夢想裡沒有繼承一份遺產這件事吧，至少在像飛飛這個台灣經濟才要起飛年代出生的女孩的夢想中，從不曾出現「遺產」這個字眼。

後來飛飛已經弄不清楚，到底是她先辭掉工作於是決定回家鄉看看那份「遺產」，或是她因為動念回老家生活而辭去工作？順序什麼的已經不重要，總之，在剛過完三十五歲生日的時候，她收到一封信，她一點印象都沒有的舅舅過世了，這到底是不是她唯一的舅舅飛飛都不知道的人居然留給她遺產？遺產其實是給飛飛的媽媽，也就是親屬關係中舅舅的妹妹，但飛飛媽媽也已經過世了，所以這遺產變成她的。遺產是一棟房子，在飛飛成長的故鄉鄰鎮的郊區，連棟透天厝其中的一戶。

代書信是寄給黃鳳妃，從前飛飛不叫飛飛，她很感謝戶籍法的修正，讓她得以不需任何理由，為自己選擇一個名字。她原本想叫惠子、梨香或是娜娜，都很日本腔調，後來決定叫飛飛，她喜歡鳳飛飛的歌，也隱隱巧妙地把原來名字「鳳妃」給藏了進去。

她記得那棟房子，小時候常跟母親回去，那兒算是母親的娘家，雖然所謂的「外婆」飛飛從未見過，不知是已經過世或是音訊全無地生活在別處，總之每年過年大年初二，母親都會帶著她轉兩趟客運車「回娘家」。

小時候飛飛沒有概念，到了她不跟媽媽回娘家，而媽媽仍堅持這一年一次儀式的時候，飛飛才知道原來在地圖上這兩個鎮就在隔壁，可是因為有一座山阻隔，所以才要轉兩趟車，抵達舅舅家都已經過中午了，不過反正會住下來，幾點抵達並無太大關係。據說後來有客運車直接到這小鎮來，而且開鑿了山洞直通的公路，讓兩個小鎮名副其實是鄰鎮，不過那時飛飛已經不陪母親回娘家了。

也許是當時年紀小，也許舅舅是不逗弄不理會小孩的，飛飛對舅舅印象不深，只記得在那個所謂「外婆家」會出現的唯一的人是個瘦瘦戴著圓眼鏡的男人。舅舅並未結婚，這裡不僅沒有外婆，也沒有嬸嬸，所以到這個母親的娘家來，飛飛都在做什麼呢？沒有表兄妹陪著玩耍，又是一年只來一次，鄰居小孩也無法相熟，恰恰飛飛是個很特別的小孩，她有許多「非人」的玩伴，雞啊鴨啊小狗小貓，甚至青蛙蚯蚓壁虎，光跟著搬家的螞蟻來來回回上下小土丘，那時還叫鳳妃的飛飛就可以玩上大半天。就是那棟房子，她這輩子只在那裡看過又稱守宮、四腳蛇的粉紅色壁虎。外表光滑柔軟，有著大眼睛，很像好萊塢電影裡常出現的外星人的臉，牠搖擺著尾巴在天花板上遊走的模樣，往後經常出現在飛飛的睡夢裡，是以一種幸福的、回外婆家過寒假的回憶存在。

收到代書信那天，飛飛和男友大吵一架之後的冷戰進入第二個星期。她不知在哪兒看過的資料，心理學家或是社會行為學家說，戀人之間的意見不合或爭執若持續超過七天，那麼戀情無法持續的可能性就上升至五成。其實不必等到專家所說的七日限定，冷戰開始的第一天，不，第一秒，也就是兩人大吵一架，男友把她家的鑰匙掛入進門的鑰匙箱內，甩上鐵門離開後，飛飛就知道他們這段長達八年的男女朋友關係結束了。

她的男友名叫信男，這就是為什麼飛飛曾經想改名為惠子、梨香或娜娜了，她想要一個日本性格的名字來和信男相配。幸好當時這念頭並未付諸實現，否則她可能得再去戶政事務所改一次名字，她可不願一聽到自己的名字，就聯想起前男友的事情持續發生。

那天為什麼吵架呢？還是老問題，信男想要結婚，不管是公證、登記或宴客，信男希望正式的婚姻關係，為兩人八年的愛情長跑完成美麗的註記，如果可以生個一兒一女，那就是超級完美了。但是飛飛曾經有過一次短暫而不愉快的婚姻，她不想再次套上婚姻的枷鎖，何況，她對信男說：「我們交往的第一天開始，我就跟你說我不想結婚，如果你是要找老婆，趁早換對象。」

是的，信男一開始就知道，飛飛不要婚姻，他和全天下的男人一樣，以為總有一天女人會被他的真情感動，專家不也是說，女人說「不」的時候，有一半機會其實是說「好」。

在這八年內這件事不斷被提起，最近一次吵架時，飛飛說：「我已經是高齡產婦了，我不想冒生命危險生孩子。」信男幽幽說了一句：「這麼多年了，你仍然不願為我改變。」說完就搬去住旅館，過了半個月，找搬家公司把他的東西運走。當然是飛飛替他打包的，他傷心到不願意再看飛飛一眼。

吵架那天，剛從信箱拿了信回家，才一進門信男就挑起這話題，於是寫著「黃鳳妃小姐收」的一個大牛皮紙袋，和一些帳單、宣傳品等放在玄關的鞋箱上，直到搬家公司來運走信男的東西，那被鞋盒蓋住的淺土黃色信封才露了出來。

飛飛瞪著信封上的「黃鳳妃」三個字發呆了好久，這人是誰，信男的前女友嗎？想到前女友三個字，這時飛飛才笑起來，是啊，不管是黃鳳妃或黃飛飛，都是張信男的前女友。她撕開牛皮紙袋，看到代書事務所的官式文件囉哩囉嗦一大堆，等到飛飛看懂是去世的舅舅把房子送給她（或說她媽媽）時，她忍不住哭了起來。

2

她坐在清晨南下的國光號上，這個時間回去，先到代書那兒處理一些文件，拿鑰匙，再去看她的「新房子」，飛飛是這麼計畫。

能夠這麼早坐上客運車，不是飛飛一夜沒睡，她不是夜貓子，反而早睡早起，這在大部分她的朋友都整夜上網、泡吧等等豐富有勁地享受夜生活的年代，飛飛常被視為奇葩，就連喜歡看深夜電視劇的信男，也很奇怪她與眾不同的作息。這是從小飛飛在大家庭裡訓練出來的，在那三合院裡，小孩子是九點就趕上床，大人也許還有一、兩個小時可消磨，總之十一點不到，整座三合院靜悄悄的，而隔天四點多，大宅院裡就已經有人開始活動了。

離開家鄉之後，飛飛也有機會學著晚睡晚起，大家不都是這樣？不過飛飛突發奇想，她這輩子不知道有沒有機會出類拔萃，至少在睡眠時間這件事上，她可以和別人不一樣。她確實也從早睡早起中找到一些樂趣和好處，像同在美語補習班教書的美美就時常抱怨公家機關上班時間怎麼這麼短，她如果想要繳電話費、上銀行、報稅，以她睡到下午一、兩點的習慣，想在一天之內辦完這些事是不可能的。

白天的景色確實比較無聊，尤其是陽光大好的夏日，所以事物都被明燦燦的陽光照得清清楚楚，失去了神祕感與朦朧美。飛飛可以理解那些喜歡夜的魅惑的人，只是她選擇另一種生活。就像她決定不再結婚，並不是她逃避或害怕，前一段草率的婚姻固然帶給她不愉快的回憶，不過並沒有使她失去再次結婚的勇氣，她不過是在要跑步回家或走路的當下選擇走路而已，非常遺憾的，信男無法理解。

坐長途車不睡覺不看電視能做什麼呢？大約只能胡思亂想吧。飛飛想起幾天前看到代書信之後，她狠狠哭了一場，她到底為什麼哭？

她其實很喜歡信男，喜歡到接近「愛」的程度，信男是個好男人，從他們認識的第一天開始，他就以一種護衛飛飛的姿態存在。

他們是在類似「我愛紅娘」的聯誼活動上認識，大學同學碧翠絲公司同事約的，剛好少一個女生，飛飛被拉來湊數。這次聯誼特意不選在餐廳，而是借了主管在近郊山上的別莊。現代人稍有點積蓄就買房子，像碧翠絲主管那個年紀有個三、四棟房子是很正常的，說是別莊，離市區也很近，捷運雖到不了，但也有幾條路線的公車抵達，沒車可開的飛飛那天就是搭公車去的。

飛飛很少參加這類男女藉由吃飯、郊遊等活動認識，再進一步交往，運氣好的可以發展到論及婚嫁的活動。這種聯誼和相親也很接近，只不過相親是一對一，而聯誼活動是四對四或五對五；相親只有一個對象，結果也只有喜歡不喜歡的選項，但這種聯誼活動是多對多，大家在一起比較沒有負擔，四、五個人中也總有你對得上眼的人吧。

為什麼飛飛很少參加呢？她在補習班教兒童美語，雖然有同事但關係不親近，總是上課時間出現，教完課走人，除了老闆兼班主任掌握排課大權她不得不保持聯絡外，大約只有管簽到發薪水的櫃台會計她熟識吧，像碧翠絲這種大型公司多彩多姿的交誼型態，飛飛是很難想像的。飛飛之所以不動心，不是她生性不好奇、不活潑，而是那早在十八歲時就發生過的有男人、結婚、差點生子的事，讓她覺得已經夠滄桑了，不適合玩這種青春男女的遊戲。

碧翠絲公司的女同事們和碧翠絲的氣質接近，都是長髮披肩、穿著時髦、化妝精緻、渾身散發出強烈掠奪性的熱情，隱身在珍妮佛、黛比、維吉妮亞這些洋名後頭，明明清楚的外型三言兩語就可以描述完，卻因此多了幾分神祕感，讓人產生想要進一步探索的興趣。當那幾個大衛、湯姆、亞歷士自我介紹完後，那個過早梳著中分西裝頭的男生說他叫張信男時，飛飛忍不住笑出聲來。她當然也有英文名字，在美語補習班做事，即便是兒童美語，同事之間也是珍妮來傑瑞去的，於是她順著信男的語氣說，「我叫黃鳳妃，鳳飛飛的鳳，珍妃的妃」，這下子眾人笑成一團，她和信男這兩個不說洋名的老土自然就被送作堆了。

聯誼活動結束，飛飛是坐信男的車下山的，送到當時飛飛租住的一大片零亂公寓的頂樓加蓋，信男問飛飛，「我可以再約你嗎？」飛飛說，「好啊。」然後兩個人就在一起八年，其間信男離開原來當業務代表的公司，頂了一間連鎖房屋仲介分店，自己當起店長來。飛飛還在補習班教美語，不過因為和信男搬到城市的另一頭而換了另一家兒童美語。

過了很久以後，飛飛才想到要問信男，另外幾個外型亮麗的模特女他怎麼都不喜歡，反而選擇這個不起眼又不太搭理人甚至有一點窮酸的氣質大嬸？信男的回答讓飛飛心下留了點疙瘩，如果在他們交往初始，信男就告訴她這些話，他們應該不會走到現在。信男說，「你知道嗎，我這個梳著古板西裝頭現代男，遇上中分沒有瀏海的古裝珍妃，這不是前生註定的嗎？」她知道信男不是開玩笑，信男是凡事頂真的人，這句話的意思是信男一看到飛飛就認定這是他生命中一直在等待的人。

飛飛不喜歡這種感覺，這種冥冥中無法解釋的力量讓她很不安，她一直想要擺脫的就是這種緊貼在她後背，時時在提醒著她，就是這麼回事的感覺；在她的人生路上，她一直有意避開應該要這樣那樣，而做了相反選擇。譬如國中畢業應該繼續讀高中然後考大學，她卻選擇拿著高中聯考成績就可以登記的一所私立高職就讀，她的大學學歷還是在職進修補上來的；她努力要離開命運已經安排好的人生道路，而信男偏偏把他們的相遇當作命定。

也許早在那個時候就已經預告了他們分手這一天的到來。

客運車司機用麥克風反覆播告，下一站終點站、下一站終點站，飛飛摸了一下濕麻的臉，這才發現自己淚流滿面，她也想起收到代書信時她為何大哭一場，那一刻她終於知道，不管再怎麼努力，等在她面前的，永遠是命運。

3

飛飛拿著鑰匙打開鐵捲門旁的小門，夏日午後熾烈的陽光曬得人恨不得立即躲進陰涼的室內，偏偏那鑰匙大約只有普通信箱鑰匙般大小，鎖孔也相對細小，讓飛飛在大太陽下瞇著眼睛看老半天，才準確地把鑰匙放進鎖孔。那可能已經午睡醒來的一位老太太站在隔了兩號的自家騎樓外張望著，直到飛飛推開鐵門才相信她不是小偷。

舅舅的房子位於小鎮最大最長最主要的一條縣道旁的巷子裡，是一排連棟二樓透天厝，和鎮上的房子構造近似，一樓門口有兩坪的空間是騎樓，但因為這兒遠離幹道，除了自家人，騎樓並沒有提供路人行走的必要，所以家家戶戶都在騎樓外以三道鐵捲門隔離出私有空間，有的堆放雜物，有的甚至把客廳延伸出來，也就是說把騎樓變成室內。

從各家的鐵捲門都是同一樣式同一顏色看來，不是當初建商蓋房子時一體設計，就是這一排的住戶合資請人整體架設。飛飛開了鐵門，在另一道門前只是空盪盪的磨石子地，這多隔出的兩坪空間並沒有發揮作用，也許原先這兒是車庫，只不過現下並未停放機車。飛飛接著對付一道玻璃門，然後就進到了室內。

負責處理舅舅遺產的李代書告訴飛飛，舅舅付了一筆錢，可以找清潔公司把屋內所有物品清理掉，他們沒有先做這個動作，因為他們覺得也許家屬想留下一些值得紀念的東西。

飛飛笑了笑，沒有回應，解釋起來太複雜，是啊，誰會相信接收這房子的人和原來屋子裡的主人沒什麼關係，基本上也不認識，屋子裡根本不會有任何和回憶相關的東西值得被留下。

「遺產這種東西，既非餽贈，也非獎賞、獎勵、賠償，如果是分到父母親的遺產，跟獲得他們贈與的意思完全不同，甚至完全相反，透過繼承方式成為業主，收到的並不是一種禮物，而是合法地擁有一份財產，得到使用權，但立遺囑人並不見得曾指名要把這東西留給他」，飛飛在網路上搜尋「遺產」，其中一條資料這樣寫著，飛飛正是這種狀況，舅舅把房子留給他名義上的妹妹，飛飛剛剛才從代書那兒知道他們只是名義上的兄妹，不知被領養的是舅舅還是媽媽，總之他們並沒有血緣關係，雖然把所謂遺產留給一個多年不見的非親妹妹，最後承接的居然是連非親妹妹都不是的非親外甥女，這真是一種很難理解的狀態。不過對於孤身一人的舅舅來說，這也是必然的結果，即使他沒有留下遺囑安排這個狀態，最後處理他身後事的人仍然是陌生人。

舅舅留給飛飛的不只是一份遺產，還有一份工作——「清空」這間屋子，於是飛飛首先要做的事就是明目張膽去踐踏一切尊重個人隱私的教養，她可以沒有任何顧忌、任何阻撓，恣意去侵犯舅舅的私領域，這個房子的舊主人的隱私已經沒有保障了，在他離開的那一刻，就喪失了這個權利。

飛飛不願用不具名拋售的方式來清空這個屋子，外面鐵門信箱口掛著好幾張名片，只要打一通電話，就會有人在電話中送出假惺惺的慰問，順便建議你在最脆弱的時候對他們打開大門，而他們一揮揮手，就能為你減輕所有不堪負荷的回憶。不想這麼做，那會讓飛飛覺得很尷尬，打那電話會坐實她是個入侵者，和這屋子毫無關聯卻成為這屋子主人的入侵者。

飛飛這個陌生人踏進這陌生的場所，有一剎那她以為這和她小時候來過的「外婆家」不是同一處所，因為屋內沒有任何物品讓她有似曾相識的感覺，沒有，是全然的陌生。她從大型物品開始梭巡起。

這客廳和一般小鎮人家的擺設並沒有太大不同，屋子的格局以及購買後添購的家具和當時流行的材質與款式都相近。椅子是籐製的材質，桌几也是籐編的邊框包著一塊強化玻璃，三、二、一的組合為六人備好的座位正好把桌几圍住，留下靠門口一處出入的缺口。飛飛從籐椅並無太多磨損以及只有三人座中間那個位置有些微凹陷，想見舅舅平日訪客不多，大多時刻他坐在正對著電視的那個座位，消磨過二十年七千多個日子。飛飛看過所有權狀，知道這屋子建成已近三十年，舅舅在這房子十年新的時候買下它。

正對著門口有一個架高的木頭隔板，上頭擺著兩盞電動紅燭，供在中間的，飛飛知道那兒原該是俗稱「公媽」的祖先牌位，飛飛老家便是。但在這兒卻是一尊佛像。飛飛小學畢業那一年偷看過那「公媽」，年紀太小看不出所以然，事後找個機會問媽媽那是什麼，媽媽告訴她那是祖父、曾祖父、曾曾祖父那些黃家祖先住的地方，當時飛飛還問，那曾曾曾祖父以前的人呢？媽媽笑笑說，「小孩子問那麼多做什麼？到了你們這一代，大概也沒有人要去拜祭那一塊寫了字的木片了。」

出於好奇，飛飛去圖書館查了一下資料，在某一本適合中小學生程度的詞典的「公媽」這一條目中寫著：「在我們眼中的一個約一尺四方的公媽龕祖先牌位，它在靈界的空間就如同您家大小一般，而我們祖先的靈魂就會居住在這一個空間裡面，這個空間就好比祖先住的房子」，想到這麼小的地方住著過往的先靈，雖然裡頭有飲水思源、慎終追遠的傳統習俗意涵，不管有沒有宗教信仰，大部分的人都希望過世的親人在另一個世界過得更好，不過對覺得自己已經長智慧的黃鳳妃來說，已經不能接受那一尺四方的空間中住著一個比一個還老的祖先這種說法，於是決定忘記這件事和那座「公媽」。而這個和飛飛沒有任何關係的男人，竟然和飛飛一樣，早早放棄了自己的祖先，難道是因為他一個人的緣故，早早預見將來不會有後人去祭祀他？

和籐製桌椅相對的是一排電視櫃，電視之外，還有已經被淘汰的VHS錄放影機、一個汽車外型的倒帶機以及一整排錄影帶，都是日本電影和日本電視劇，看到上層積著厚厚一層灰，可見這些東西停在更早的時空，大約是家家開始使用DVD機的年代，這些東西就已經失去用途，這一點讓飛飛意識到她正清空著的不只是一個人的物品，還有他的過去。

客廳還有一個鐵製的置物櫃，上下兩層，上層雙面拉門上鑲著玻璃，可以看見裡頭擺放的物品。三層隔板中有兩層放著書，有中文書也有日文書，另一層則放著一些毫無關聯的小物件，也許是旅行紀念品，卻看不出出處；下層則是兩排六個抽屜，都上了鎖。當然，代書交付的一堆鑰匙中一定有屬於這些抽屜的鑰匙，飛飛不急著打開，這屋子只要一進了門什麼都一覽無遺，唯獨這幾個抽屜上了鎖，那兒應該有主人最私密的空間，只不過，現下和主人已經放棄的隱私權一樣毫無祕密可言。

看完客廳，隔著一部上二樓的水泥樓梯之後是餐廳與廚房，那在抽油煙機旁一扇小小窗戶望出去，是另一戶人家的廚房，這一排房子之後，是後門相對的另一排格局相同的房子。

飛飛在樓梯轉角處穿上室內拖鞋，置放拖鞋的鞋架上只有寥寥三雙，而且是沒有性別的藍白拖，雖然舊了，看得出不是使用磨損後的舊，而是在歲月中放舊了。

樓上是一大兩小三間臥房。對一人獨居的舅舅來說，自然不需三間臥房，因此除了主臥房有床有桌有椅有櫥一應俱全外，另一間房鋪了榻榻米，算是充當客房，飛飛小時候如果來過這裡，應該就是寄宿於此吧。最後一間隔著防火巷和鄰居相對的房間則堆滿了雜物，看來舅舅擁有一整個儲物間，對城市人來說是很奢侈的。

天色還早，飛飛便開了二樓通往三樓的鐵門，看看還有什麼？沒了，踏在樓頂的水泥地上，飛飛可以眺望馬路和其他零亂的民房，左右鄰居都把三樓加蓋起來，而且是用磚瓦水泥密實加蓋，足足多了一整層的使用空間，只有舅舅這一戶沒有加蓋，如實呈現房屋所有權狀記載的兩層水泥建築。

舅舅自然不需加蓋，他一個人，只需一間房，一張床，一桌，一椅，就夠了。

4

進入臥房，一個孤獨老男人的生活，毫無遮掩地呈現在飛飛面前。她甚至不知道他有多老，她知道他幾歲，代書事務所交給她的資料袋中有除籍的戶口名簿，上頭寫著他的出生年月日，但是飛飛沒見過他老的樣子，她對舅舅模糊的記憶中只是一個小孩看到中年男人的身形，如此而已。即使知道他如果活著是幾歲，她也無法想像七十歲的老人是什麼樣子，電視上在介紹人瑞時，她以為七老八十已經夠老了，結果那樣的臉居然已經九十近百了，如果那樣精瘦而滿臉皺紋的樣子是百歲人瑞，那麼七十歲的舅舅應該還不算老吧。

飛飛檢視那座衣櫥，衣物擠得滿滿的，有限的整齊中可以分辨是一些毛衣、外套、襯衫、西裝褲、休閒服、內衣褲、襪子……春夏秋冬住在台灣一個人一年四季會穿到的衣物，都在那個塑料布衣櫥裡。只有一個，小小一個，飛飛也是衣著簡單的人，她才活了舅舅一半的年紀，她的衣櫃卻是他的兩倍大，而且定時換季，放的只是春夏或是秋冬半年份的衣服，於是飛飛知道一個人的需要可以這麼少。她不忍心再探究床尾那木頭箱子裡是另一套床單寢具或是帽子、圍巾、手套等平日用不上的物品，或是其他……

這時她彷佛明白李代書點交一切資料，最後遞過來一大串鑰匙時，臉上那饒富意味的表情的可能意涵，一個孤單終老的單身男子交到她這樣一個年輕的單身女子手上的，究竟是饋贈或是懲罰？

應該過去幾個小時了，飛飛從清晨出門到現在，只在代書那兒喝了一杯水，鄉下房子耐熱，若在她住的城市，不開冷氣早就受不了了，雖然陰涼的空氣讓人待在屋子裡是舒適的，但飢餓的感覺還是讓她決定出去覓食。

走出鐵門，整排房子對面隔著巷道正好有一處空地，那鄰居老太太把自己包裹完整，斗笠、袖套與長褲，利用那處空地在烈陽下收拾回收垃圾，看到飛飛走出門，立即停下手上動作，像似終於等到和飛飛說話的時機，馬上吐出一句，「你是柯大的什麼人？」

「柯大？」喔，舅舅姓柯，「是我阿舅啦。」飛飛現在很少說台語，再說「外甥女」的台語她也不知怎麼說。

「你阿舅人很好，常常把家裡的報紙、酒瓶、空罐等東西送給我。聽講他艱苦未久，按怎樣就去了，唉，猶按怎呢少年。」

飛飛記得從前她擅長和老人打交道，小時候三合院裡的阿公阿婆都很喜歡她，常常使喚她跑腿，當然也不時拿一些糖果甚至零錢給她，可現在她卻呆呆站著，不知如何回應，這阿婆說的每句話她都聽得懂，她只是不知道當有人說七十歲就過世的人很年輕時她應該怎麼回答？

幸好阿婆也不在乎她的反應，接著問道：「你愛回來住多久？這房子愛欲安怎處理？愛欲自己住抑是賣掉？」知道這房子的命運才是阿婆的用意吧，不只是阿婆，巷子底那一戶也是個年長的阿公，還有這家家戶戶外出工作很快就要回到家來的主夫主婦們，關心的大約也是這獨居男人死了之後，留下來的財產怎麼辦？

「猶未想好愛按怎樣做，我才剛回來，無定著賣掉，無定著就留下來自己住。」這回答有等於沒有，阿婆也不會滿意，飛飛趕忙接著說：「我要出去買些物件，叨位有店仔？」

阿婆告訴她向右邊走兩個街口有一家便利商店，向左邊走下一條巷子走進去有一家柑仔店，柑仔店東西較便宜，不過貨品都放比較久，不新鮮，如果開車或騎車到鎮上有大賣場，沒車子也可坐客運車，半個小時左右一班。

飛飛連聲道謝，這阿婆看起來已經老得不會走出這個巷子了，居然還知道這麼多事。她如果想在這兒住下來，當務之急果然是要有交通工具，在都市習慣便捷的大眾運輸系統，她一時忘了她離開這麼多年，她的家鄉變化卻不大，依然依賴腳踏車或機車。她向右走兩個街口，看到一家「一統便利商店」，說是便利商店並不是都市那裝潢高雅時髦的連鎖超商，用了近似的商標和店名，貨架上的東西卻零落稀少，也找不到飛飛平日吃習慣的三角飯糰，更別說會有明亮寬敞的用餐區。

飛飛買了幾包泡麵、茶包、牛奶和幾瓶礦泉水，剛剛沒有仔細看廚房，不過她想應該有瓦斯爐、鍋子和冰箱吧。

幸好廚房大致上一應俱全，她搖一搖桶裝瓦斯還有些重量，應該還可以再用一陣子，於是她給自己煮了泡麵，還燒開水泡了茶。

餐桌就在廚房旁邊，但飛飛不想坐在餐桌前用餐，那會讓她想起對面應該坐著另一個人。他們八年來都如此相對用餐，不管是在家或是外頭餐廳，她習慣信男就坐在她對面，即使一句話也沒說，就那樣一起吃飯，像一家人。

飛飛把鍋子端到客廳，剛好還有一些舊報紙，拿了鋪在玻璃桌面，直接就著鍋子吃起泡麵，信男若是看到她連拿碗盛麵都懶，肯定會教訓她一頓，飛飛會這麼回嘴，「我自己煮、鍋子我自己洗，要你管。」

信男已經不管她了，想到這一節，香噴噴的滿漢大餐吃起來一點滋味也沒有。她打開電視，有線電視還沒停掉，新聞台的女主播鮮豔的紅唇正播報著今天的新鮮事。正吃著泡麵，看到久未有人跡的客廳亮著燈，左右鄰居分別有人進來打聽訊息，飛飛客氣地暫時吐出一些想法滿足他們。終於整條巷子的人都知道一位黃小姐接收了這房子，準備先整理整理再決定要租要賣還是自己住。其實飛飛必須立即決定的事，只有一件，這天晚上她到底要睡在哪裡？

5

鄉下天亮得早，才四、五點吧，附近的公雞已經此起彼落啼叫起來。飛飛醒了後想了一下這是什麼地方？雞啼聲幫助她很快想到這不是台北，她離開老家就不曾在公雞啼叫聲中醒來。她也很快想起自己睡在這裡的緣由。

剛進這屋子時，她一度以為這不是小時候來過的「外婆家」，那感覺是不準確的，現下她瞪視著有點高度的天花板，有些斑斑點點的污漬像是壁虎爬過的痕跡，至少她想像那是。躺在榻榻米上的感覺很奇特，尤其這是以傳統古老方式裁製出來的榻榻米，現在一般裝潢和式房間的榻榻米材質較硬，她小時候至少在這鋪位上睡過七、八次。飛飛喜歡赤腳的感覺，在三合院裡要穿拖鞋，要上床才脫鞋，所以飛飛來到舅舅家，發現有個房間可以不穿鞋，而且床面像地面，要坐就坐，愛躺就躺，讓她覺得很自由，所以一來到這兒，窩在這間客房時間居多。

她也記得從隔壁房間傳來的低語，那是舅舅的臥房，雖聽不清楚內容，但從那刻意壓低聲量的說話方式，就連小孩子也知道是在說悄悄話。什麼事情需要用悄悄話溝通，當然只有祕密了，媽媽和舅舅有什麼祕密要說？

小孩子的好奇心和注意力一樣都只有五分鐘熱度，有太多好玩的事吸引小孩的目光，即使曾經對媽媽和舅舅的祕密感到想要了解的欲望，可能也很快就忘記了。而此刻飛飛已是大人，一個經歷過許多事——家庭、感情與事業的大人，理解每個人都有許多祕密不是太困難，尤其是飛飛掌握著進入一個人全部世界的鑰匙，又有什麼祕密是不能解開的？

她下到樓下，倒了一杯昨天買的牛奶充當早餐，順便張望下這間廚房兼餐廳。從為數不多的鍋具看來，舅舅並不常開伙，一個鐵水壺就直接擺在瓦斯爐上，也許瓦斯爐作為燒開水的功能多一些。

現在電視上宣傳的都是四門、五門、六門的多功能冰箱，而飛飛眼前這座上下兩門的冰箱已是古董，打開一看，並沒有任何生鮮食品，乾麵條、味精、蒜頭、辣椒醬以及幾包紅棗、枸杞等乾貨，還有一盒已經用了一半的茶葉，看起來是把冰箱當食櫥使用。飛飛坐在唯一一張打開的椅子上，其他幾張摺疊椅都收在冰箱旁的角落，這是一個人的廚房、一個人的餐廳、一個人的餐桌，飛飛自己也有很多獨處的時候，卻從來沒有注意到「一個人」是這麼可怕的感覺，她自己獨處的狀態是隨時可以結束的，但這個人，現在一個人，等下還是一個人，永遠是一個人……

正在這麼想時，一張陌生的中年婦人的臉貼在廚房那小小窗戶上望著飛飛，和飛飛目光相對的那一剎那，露出一個被發現了的靦腆微笑，隨即又消失在她的廚房。來到這兒才不到二十四小時，飛飛已經感受到鄰人的好意與好奇，經常會被突如其來的窺探給驚嚇到。這實在是很弔詭的一件事，飛飛正在窺探舅舅的人生，而原來生活在舅舅身旁的人也在窺探飛飛，甚至以幫原來屋子的主人探查作為窺探的正當性。如果是舅舅，會不會被窗戶上突然出現的一張臉嚇到，或者舅舅坐在這張椅子上時，其實不會有人想要從那個小窗戶往裡張望？

用過早餐的飛飛突然感到一股急迫的壓力，她想她得快點結束這種狀態，不管是「一個人」，或是「窺探」的狀態。她居住的城市沒有等著她回去的理由，美語班的課都辭了，她沒有養寵物也沒有植物要照顧。南下之前她原準備至少住一陣子的，沒想到這兒彷彿有一股驅趕她的力量，她感覺自己是不受歡迎的，不被這屋子、這屋子的原主人，還有圍繞著人與屋的一切物事所歡迎。

她走進客廳，用同一把鑰匙，打開了所有的抽屜。有幾個抽屜裡的東西看起來並不是貴重到要上鎖，也許因為這鐵櫃的設計是同一把鎖鎖上了所有抽屜吧。

第一層抽屜裡有幾本銀行存摺，飛飛檢視了數字，數額都不大，最後一個提領日期很統一，想是舅舅知道大限已至，自己能處理的盡量都處理了，餘下這些數額不去管它也損失不大，飛飛想起代書的一句話，「柯先生的值錢物品剩下那棟房子，不過現在房價低迷，要賣也賣不了好價錢」，代書也許不好意思說，「那房子若小姐要居住還得花一筆錢整修」。

第二層抽屜有一些家庭常備藥品，胃散、正露丸、感冒藥等，胃散都凝結成塊，感冒藥的外裝也已發黃，看似過期許久；第三層抽屜放著神主牌，原來舅舅把他的祖先收在這兒，還有一些歷年報稅的資料也放在一起，飛飛對自己的祖先都沒興趣了解了，何況是別人的祖先。這些東西都引不起她的興趣。

最下一層抽屜放著幾本舊筆記本，看起來有點歷史了，因為格式一致反而讓人不經意留下心思。飛飛順手拿起最上面一本，翻開第一頁，看了幾行，發現是舅舅替代日記的筆記本。飛飛心念一動，上鎖的抽屜要守護的難道是這些筆記本？

她把整疊筆記本抱出來放到桌几上，其他打開的抽屜又一一閉合了回去。

6

當她才翻看到第二頁的第一行，突然驚覺閱讀這些筆記本的內容是件大工程，不是像她拉開舅舅那塑料布衣櫥的拉鍊，手指從右邊到左邊拂過吊掛的衣服，便看完了衣櫥的所有物品那般容易，何況飛飛有一種感覺，從收到代書信，到抵達舅舅的房子，以迄大致檢視家屋內的大小物件，其他的不過是配料，這些筆記本才是主菜，是她百里迢迢跑這一趟的最重要任務。

雖然才吃過早餐，如果一杯牛奶也可以算一頓早餐的話，如果她今天不打算離開這兒的話，還有午餐和晚餐。童年時三合院裡生活的訓練，「顧飯頓」是一日中很重要的事。飛飛放下筆記本，快步走出門，別說鐵門，連玻璃門都沒上鎖，才一天功夫連她都知道屋子裡沒有什麼貴重物品了，何況是舅舅二十年的鄰居，上鎖不上鎖一點也不重要。

提著從便利商店採購回來的一大袋食物，飛飛準備找一個讓自己最適合的場所與姿勢，環顧四周，若在客廳大約就是正對電視那個三人座的中間位置，左邊可以放筆記本，右邊可以放食物，水杯放在桌几上，伸手可即。於是飛飛坐在那略微凹陷的籐椅上，三十度以上高溫的炎夏，在城市也許整天開著冷氣，在這屋裡，卻只需要打開立扇，開關定在低速，風是涼的。

7

飛飛闔上最後一本筆記，本以為不過是舅舅的日記，記載了他一生的某些片段，看完之後才知道，是舅舅的生命成就了這一疊的筆記本，舅舅花了七十年的時間完成了筆記本中記載的人生。而飛飛花了多少時間經歷一次呢？說實話，當她放下手上的筆記本時，有一剎那，不，不是一剎那，至少有幾分鐘，飛飛腦中一片空白，連自己身在何處都不明白。

她突然有股衝動，想找個人說說話，最靠近她的活生生熱呼呼的人是左右鄰居，她已經知道右邊二十號王家是三代同堂，左邊二十四號空著沒人住，短短時間內已經有鄰居告訴飛飛那是張姓地主保留戶，地主高估了這兒的房價，開了一個大家都覺得離譜的高價，以致早就想買下兩戶合成一戶的二十六號林家買不下手，準備和地主慢慢磨菇。可是這些左右鄰居所認識的舅舅不是筆記中的那一位說故事的人，舅舅的筆記本和這些人沒有關係，飛飛不想和這些人分享舅舅筆記中的人生，她相信舅舅也不想。

那麼就只能打電話了，飛飛有手機，她第一次開手機看看幾點鐘時，就發現屋子裡收不到訊號。她離開兩天了手機都沒響，原因之一就是屋內沒有訊號，一格都沒有。舅舅屋裡有室內電話，不過從飛飛坐的位置可以看到電話線沒有插到黑盒子上，不知道什麼時候開始就是一具虛有其表沒有作用的黑色話機。飛飛看著手機上的時鐘，又坐了五分鐘之久，再也無法忍受，她衝出室外，高舉著手機，想走到收得到訊號的地方。這時候，她才發現室外漆黑一片，月光星光都被烏雲遮著，手機上透出的訊息是四點零五分，原來已經是深夜。

這個時間她不能打電話給任何人，就連和她同居了八年的信男也不能。她熟悉信男的每一個生活習慣，他有兩支手機，一支是工作用的手機，在辦公室打烊鎖上大門時，也同步關機；另一支手機號碼只留給親朋好友，而且經常是在和飛飛在一起時就關機，知道他這個習慣的親近的人，在打不通手機時，若一定要找到他，就會打他住處的室內電話，這種事情在八年內發生的次數十根手指頭都數得完。

不能打給任何人，不能打給任何人，飛飛喃喃念著，在街道邊的柏油路面上盤腿坐下，收起手機，把頭埋在兩膝之間，將身子蜷縮至最小，她希望可以把這一段時間抹消，回到生命的最初。不能打電話給任何人，因為她時時提醒自己，要無聲無息地活著，而她在舅舅的筆記本裡，看到了和她一樣無聲無息活著的人，他們所生活的時間是不存在的時間，他們的人生在某個時間點停住，成為永恆。

8

她不能打電話給任何人，可是任何人可以打電話給她，正在她把自己蜷縮成小圓球時，放在她口袋的手機竟然神奇地響起。她的手機號碼和信男的私人手機一樣只有極少數人知道，信男、補習班主任、學生階段一、兩個親近的同學……這就是飛飛貧乏得可憐的人際關係，此外或者是問你要不要借錢的電話行銷，這些人都不會在淩晨四點多時打她的手機，那麼，是誰？

手機的屏幕光在暗黑中十分亮眼，時間閃著4：12，以及一個陌生的電話號碼，除了信男的電話之外她記不住任何一支號碼，每一個電話都是陌生的，她正想找人説説話不是？所以，不管是誰，就接吧。

電話那頭，一個熟悉的聲音召喚她的名字，「鳳妃，是我，芷悅，你不是一個人，我在，我在，我在這兒。」

人一天一天變老，聲音會不會變啊，即使會，應該也和外表變老的速度不一樣吧，所以明星演員年華老去就息影，而歌手卻還可以在老歌演唱會上亮相，那個已經是祖母級的梁山伯不是還常出來悽惻地唱著〈樓台會〉？電話那頭芷悅的聲音和二十年前一樣，有著安撫人心的莫名力量。飛飛應該先問芷悅怎麼找到她的電話號碼，又怎麼會在這時候打電話來？但是她迫不及待要告訴芷悅舅舅的故事，她無法拿出筆記本讀給芷悅聽，一方面那是一個初老男人的腔調，一方面裡頭夾雜了許多日文，飛飛只能用她理解的方式告訴芷悅這個故事，埋藏了半世紀以上，此時除了對飛飛有意義和其他人都不相干的故事。

那座山我去過，舅舅和媽媽一起長大的那座山。

我學齡前有一段如今思來很奇特的經驗，和別的小孩不太一樣的休閒活動，每個星期天我都和媽媽去爬山。媽媽是個很勤奮的家庭主婦，我家因為只有一個孩子，爸爸又是不太講究家務品質的人，在那個三合院裡，我媽媽看起來是相對閒散的一位，像嬸婆、大伯母、阿妗等等還會養豬、種菜，甚至接一些可以在家加工的工藝品賺點錢貼補家用。我媽媽除了把我和爸爸照顧好，基本家務之外完全不多做。所以一到假日，一家三口就出去玩。爸爸平日在外工作，假日只想宅在家或是找朋友聊天泡茶，跟我們出去過幾次，媽媽說我們可以娘兒倆自己出門，爸爸也就像拿到免死金牌般理直氣壯規畫自己的假日。

媽媽帶我出門，從我雖然會走路但走不太遠的兩、三歲開始，用背巾背著我，只在休息時放我下來走走跳跳，到我五、六歲能自己走完全程，我健壯而有點蘿蔔的小腿肚就是這麼來的。每個假日都是一大早就出門，從我家搭客運車到鄰鄉的火車站，再搭小火車到終點站，然後開始上山。山上大多是果園種著水梨、柳丁、鳳梨，或是金針、仙草等，因為要運送這些農產品下山，所以闢了一條產業道路，沿著山壁蜿蜒爬上山，這路寬廣而安全，但是走這鐵牛車走的路太遠了，一般住民或是訪客另有小路可以走，小路在山壁和產業道路之間穿梭，坡度較陡，有時還得扯著兩旁的樹藤攀爬，但是這樣走到山腰只需花走大路的一半時間。

我們總是爬同一座山，而且只到山腰，因為媽媽要去那裡的一戶人家作客。媽媽平日很喜歡跟我說話，常常抱著我不停說話，都是一些開心的事，像跟大伯母去遠一點的市場買菜，貨品又多又好，小嬸開車，好像去郊遊喔，真好玩；或是她一個人到鎮上逛街，鎮上新開了一家冰果店，剉冰磨得很細，又綿密又香甜，真好吃……小小的我其實不太聽得懂媽媽說的事，還有到底哪裡好玩好吃，不過小孩總是喜歡被媽媽抱著，我也就裝做聽得津津有味，當作和媽媽玩的一個好玩的遊戲。

但是媽媽在帶我去爬山時卻很少說話，走路時默默地走，到了山上那用鐵皮、石棉瓦、石頭搭蓋的簡單的屋子裡也不太說話，媽媽也許跟我介紹過屋子裡的人誰是誰，不過總是很快就有一個小姊姊帶我到果園和小黃狗玩，或者去看雞棚裡雄糾糾的雞群，跟牠們比誰的咕咕咕叫聲比較響亮，加上我們在那兒也只能待兩個鐘頭左右，還要吃頓午飯，所以誰是誰我也記不得。吃過午飯，再略坐片刻我們就走回頭路，下山比較快，在烏雲開始蒙上山頭時，我們就已經坐上小火車，通常這個時候，我已經累得睡著了。

我上小學後，有了新同學，就不肯再跟媽媽去爬山，媽媽後來是自己去，還是她什麼時候開始也不上山了，那早就不是我關心的課題了。當然，我現在知道了，從舅舅的筆記本中知道了。

筆記本從離別開始書寫，媽媽離開那自小生長的家園，走出荒涼艱辛的山林生活，嫁到小鎮上去。這對山上的姑娘來說是個好歸宿，告別毒辣的太陽、繁重的農事、走不完的山路以及沒有電、沒有抽水馬桶的原始生活。只除了，這兒有媽媽，親愛的媽媽以及縈繞心頭放不下的人影。

外婆何嘗不知道這一對青梅竹馬的男女彼此心繫對方，可是他們是名義上的兄妹，而媽媽是外婆最鍾愛的女兒。

在那個時代，那個家庭環境，一對相愛的男女有沒有其他選擇呢？可以向家長爭取，可以私奔到他鄉，只要兩個人可以在一起，有很多可能啊，但是他們選擇承受命運的安排，媽媽成為一個安分的家庭主婦，而舅舅則始終在媽媽身旁守護著她，一輩子是親愛的兄妹。妹妹相夫教子有著人人稱羨的家庭生活，哥哥則在妹妹鄰近無聲無息地活著。

當筆記本開始的那一刻，從今往後，對舅舅來說，都是不存在的時間，他只要知道那一個人好好地過日子就夠了。

飛飛不停歇地說著，一句接一句，沒有聆聽者回應的空間，但是她知道，芷悅在聽著，不需嗯嗯啊啊的回應，只要她知道芷悅在電話的另一端聽她訴說。她只是說，彷彿也說著她們分開這二十年不存在的時間，直到手機電池耗盡，在數聲嘟嘟嘟之後，屏幕熄滅，電話關機。

第五章　結婚的女人

1

我只是一個想結婚的女人，如此而已，這樣有錯嗎？結婚、生兒育女，有一個正常美滿的家庭，不是一個人生的基本期待嗎？為什麼這個「基本」的「期待」，會變成「奢求」的「夢想」？

2

依晴上班第一天就認識了阿興。

那天一早出門，騎著爸爸買給她的代步工具，一部腳踏車。雖然是舊的，但經車行整理過，小毛病都修正好了，依晴自己又發揮家事課學到的本事，買了油漆把車子漆得亮鋥鋥又新簇簇。

她在做這件事時，爸爸在旁邊手叉著腰，看熱鬧似地不肯幫她一下忙，爸爸的意思是，車子可以騎最重要了，漆那麼漂亮做什麼！依晴可不管，騎著這台腳踏車去工作，對她的人生來說是一道里程碑，意味著她會賺錢了，快要可以獨立自主了。從小學讀到高職，所累積的一切學習，不都是為了這一天，所以騎著這台腳踏車去上工，是依晴送給自己長大成人的第一份禮物。「當然不能隨便了！」依晴噙著笑撒嬌似地對爸爸說。

應徵工作那一天，依晴被帶著粗略認識了工作環境，腳踏車停車棚也是其一。

她知道停車棚在哪兒，所以騎著車隨著被騎腳踏車上班的男女工人布置起來的一條車流，順當進入工廠。但是到了停車棚時，依晴卻楞住了，那用白色油漆漆出一格一格停車空間的地方，每一個格位上端還有一個橘色數字，她過往的學習讓她知道既然有數字，就有依循數字排列的規則，而依晴不知道哪一個數字是屬於她的，她已經從腳踏車上下來了，腳撐著地，卻不知下一個步驟該如何？其他和她一樣騎腳踏車上工的女同事們一個一個俐落地停好車，離開停車場，才幾分鐘的功夫，整個停車棚剩下她和一輛一輛整齊排列的腳踏車。

她可不願輕易下決定隨興停放，然後可能還沒走到工作的廠房，就聽到一個大嗓門的女生高聲嚷嚷著，「這是誰亂停車，占了我的位置，還不快挪開！」

正在想是不是先走到辦公室找個人問一下，突然一個腳踏車尖銳的剎車聲，就響在她耳邊，「最後一排是給新進員工的，你喜歡哪一個數字，就去停那一格，以後那就是你的停車位。」這個在她困惑時指點一下的聲音是阿興的。

兩人一起停好車，一起離開腳踏車棚，走向自己工作位置的所在。短短一小段路，已夠兩人初步認識，像是阿興在這兒八年多了，待的時間正跟廣隆製鞋廠存在這個小鎮的時間一樣長。廣隆製鞋廠的這份薪水讓她撐住養了三個孩子的家，還有能力把臥病在床、在各個兄弟間被像皮球般踢來踢去的公公接來一起照顧，為他買最好的藥，試圖維繫住公公的生命與健康；像是高職剛畢業的依晴本來可以去大城市找工作，有個長輩開了家事務所要依晴去做文書工作，但依晴只想在家鄉找個好對象結婚，這樣就可以陪著逐漸老去的雙親……

當然她們兩人都不會知道，認識彼此，是命運的一環，就從這一刻起，兩人的命運已經緊緊聯繫在一起。

3

阿興曾問過依晴，為什麼不想離開小鎮，而想留在這兒嫁人，陪著兩老，如果結婚，可能就是四老，這是她和阿興第一次交談時的話題，每個人對第一次總是印象深刻。

工廠裡女性員工很多，男性員工也很多，感覺好像整個小鎮要工作的男男女女都在這個工廠裡了，或許因為阿興是依晴在這兒第一個認識的同事，很自然地依晴就把阿興當成最好的朋友，雖然兩人在家庭、個性、生活態度各方面都有很大不同，卻並不妨礙。一方面是阿興個性隨和，對任何事情都無可無不可，很少有強烈意見，一方面也是依晴性格中有難以相處的部分，而剛好只有阿興不在乎她這股彆扭勁。據阿興自己說她之所以覺得什麼都好，什麼都可以，大概是出身大家庭又嫁入大家庭，這前半輩子都和許多人共同生活，「如果你在一間屋子裡，磕磕碰碰到處都是人，久了自然什麼脾氣都沒有，就連想法都沒有了，只知道一天一天，一小時一小時，一分一秒向前走。」

阿興雖然性格軟綿綿卻並不冷漠，她熱情熱心，做事積極又主動，在工廠裡人緣很好。而依晴卻是個很有主張的人，加上在這家工廠裡高職畢業生仍然不多，小鎮大部分的男女青年都是國中一畢業就進這家工廠，依晴一開始就分配到儲備幹部的工作也讓她和其他同事有了距離。

依晴過了很久才能把自己的想法想清楚，關於家庭、家人這件事，她現在生活的父母的家還有她未來要建立的家。她生長的家庭正常而關係和樂，和父母、弟弟在一起緊密生活的日子，讓她覺得建立家庭是人生最重要的事，媽媽就常跟她說，「女孩子啊，最重要的事就是找個好丈夫，平淡穩定過一輩子」，一直到依晴上高中了，還常看到爸爸牽著媽媽的手走路，她替媽媽高興，也渴盼找到一個牽手走一輩子的男人。

那麼依晴是怎麼回答阿興的問題的？依晴拐彎抹角說了一個很長的故事。

小學四年級時，依晴剛學會騎腳踏車，小孩子手腳靈便學得快，依晴記得自己借同學的車子試了幾次，一次都沒摔倒就學會了。那天她放學回家，看到爸爸的腳踏車停在院子裡，忍不住腳癢，躍躍欲試，正好小她三歲的弟弟在旁邊，她不知哪裡借來的膽，沒得到爸爸的同意，牽著爸爸的車出院子，對著弟弟說：「走，姊姊載你去公園前的廣場練車。」

路上有行人有大車，依晴不敢騎上去，推著腳踏車直推到公園門口，才讓弟弟坐上後座。爸爸的腳踏車是男大人常用的款式，踏腳及龍頭都很高，後座的座位又寬又大，放上一、兩包米都穩當得很。依晴騎上去後，根本坐不到座墊，整個人懸空架在兩隻踏腳上，不過這樣也有一個好處，車子要歪倒時，她的腳才撐得到地面。

在公園廣場騎了兩、三圈之後，依晴越騎越順，坐在後座的弟弟興奮極了，不停大喊大叫，好涼啊，快一點，再快一點！那種風馳電掣的感覺令人上癮，於是依晴越騎越快、越騎越快，弟弟在後座數起數來，「一圈、兩圈、三圈……十圈、十一、十二——」破折號之後是一陣哐啷哐啷的金屬巨響，在這個速度快、圈子又大的轉彎處，依晴沒抓緊龍頭，於是瞬間兩人和車子都接觸到地面。

還好公園廣場是黃土地，土質雖結實堅硬總不像水泥地具殺傷力，依晴只有一、兩處小擦傷，但是弟弟的膝蓋撞上了一顆小石子，那石子嵌在弟弟的膝蓋正中央，邊緣正汨汨滲著血。腳踏車也不太妙，龍頭歪了，左邊踏板缺了一角，鍊條也脫落了，眼看是不能再騎了。

依晴又推著腳踏車往回家的路上，弟弟跛著腳，鮮血滴了一路，那張剛才還發出歡樂聲音的嘴此時嗚嗚咽咽地悲鳴著。

還沒走到家門口就看到爸爸站在籬笆外，向道路這頭張望，遠遠就看到姊弟倆的狼狽模樣。依晴以為會先迎來爸爸的一巴掌，但是沒有，爸爸默默接過腳踏車，對依晴說：「先帶弟弟去浴室沖洗一下，小心把傷口沖乾淨，紅藥水在浴室鏡子後面，會擦吧？」

依晴處理好弟弟的傷口，走出屋子，爸爸正在院子裡修理腳踏車。看到爸爸弓著身子，滿手油污的樣子，依晴眼睛裡湧上淚水，她在心裡默默跟爸爸道歉。

「就是那時候，我內心裡一個聲音堅定說著，爸爸老的時候，換我照顧他了。」

依晴不需幫忙負擔家計，爸爸在鎮上大街開的百貨行收入穩定，依晴賺的每一份錢都存下來當嫁妝。雖然她開始工作後就對身旁的年輕男子留了一份心，不過一年過去了，廣隆工廠裡完全沒有她看得上眼的交往對象，年輕健壯的男子不是沒有，都是作業員，到了管理階層如果還未婚，就都是又老又矮又醜，她曾經想過，應該開始著急嗎？她才二十歲，才工作一年，還有時間慢慢挑吧，可是若是國中一畢業就進工廠的女生，大概在這個階段都是要結婚、辭去工作走入家庭的了，一想到這點，依晴又覺得自己確實不能太悠閒了。

4

依晴問阿興，「你的婚禮是什麼樣子？」

阿興聽了噗哧一聲笑出來，哪有什麼婚禮啊，不就是出嫁嗎？阿興接著說，在她這個年紀、在這個地方，許多和她一樣的女人對於出嫁那一天都是不願去回想的吧。阿興一下班就得回家，家裡有三個小孩還有一個老人要料理，阿興的先生原本也在廣隆工作，後來找到出賣勞力可以換取更高報酬的工作，現在在建築工地當粗工。他的工作加班費較高，所以阿興從來不加班，夫妻倆精心計較，為這個家庭爭取更高的收入。所以阿興能和依晴較長時間聊天只有中午午休時，一碰到結婚這個話題，依晴總不肯讓阿興含混帶過，窮追猛打要她交代清楚。

「我記得就是三、四點雞還沒啼叫就起床了，其實結婚前一天，哪個新娘都沒好好睡吧。自己都還沒梳洗好，媒人和化妝師就來了，有人也許請得起專業化新娘妝的人，我呢是已經出嫁的表姊來客串，意思意思包個紅包就可以了，不過當然也不能計較化的妝好看不好看。我那天好看嗎？穿什麼新娘服？我得想想，說不定那天我根本沒機會照鏡子，所以我對自己是什麼樣子一點印象都沒有。身上是媽媽出嫁的紅衣服修改的，我最記得的是身上戴滿了金飾，十隻手指頭就有十個戒指，手鐲、手鍊好幾對，金項鍊長得都垂到腰間了，不過別太高興，那都是借的，我有一個夠力的媒婆，讓打腫臉充胖子的我家可是充足了面子，我到現在都還常在想那麼多金飾要花多少錢買啊？

「接下來一整天的儀式現在鄉土劇裡常演，就跟那一模一樣啊，自己去看電視就可以了。反正我一整天任人擺布，叫我走我就走，叫我跪我就跪，叫我拜別就拜別，大部分時間是坐在房間裡感覺肚子餓得咕嚕咕嚕叫。」阿興想這樣就打發了依晴，但依晴不依，她接著說：「然後呢？」

「然後就進門了，燈一關，沒有花燭的洞房。那一晚我根本不敢睡，怕新婦的第一夜睡過頭，就慘了，我媽媽可是千叮萬囑要比婆婆早起。我當媳婦的日子直到我婆婆過世才稍微放鬆，之前我每天都繃緊神經，對我來說，結婚就是永遠睡不飽的代名詞。」

依晴聽了對阿興的同情和親近之心又加了幾分，她的婚禮居然是那麼不堪的回憶，她對阿興說：「等著吧，我結婚時一定要辦一場盛大的婚禮，你當伴娘嫌太老了，這樣吧，你來當我現成的媒婆吧。」

「那也要你先找到結婚的對象才行。」阿興這個結論讓依晴在幾天後遇見新來的倉管副理，第一眼就決定，這就是了，就是他，依晴想要一起走過紅毯的對象。

5

依晴在廣隆受過兩個月訓練直接分派的單位就是倉管組，除了去倉庫驗貨之外，她在大辦公室裡有一張辦公桌，這也是依晴和其他女同事很難走在一塊的原因。用現在的話解釋，大辦公室裡的人是穿薄外套吹冷氣的白領階級，而其他在工廠作業線上穿灰襯衫黑長褲吹大風扇的就是藍領階級，何況是擁有一張辦公桌！不需別人用眼光來區分依晴的與眾不同，依晴自己也有這樣的意識，她自己是和其他女作業員不一樣的，不自覺中流露出一種高傲的神態。除了阿興，她也不想和其他人多說幾句話。

那天打過上班卡，依晴就發現和她桌子相對的那張辦公桌上似乎放了些個人物品，終於補了人了。依晴曾經想過，如果那個職缺一直不補人，她再做個一、兩年也許有機會，她對自己的能力有信心，組長不也一直誇讚依晴是很好的管理人才？她才來一年，把鞋品在倉庫的擺放方式重新整理過，井然有序，十分上軌道。

「在我們公司裡，像依晴這樣頭腦清楚的女人可是很稀罕的，她看一眼你的腳，就知道該穿哪一種鞋款、尺寸多少，更重要的是她知道在那個大倉庫裡，哪一間房間，哪一個欄架的哪一處格位裡，有你要的鞋！將來誰要是娶了她，口袋裡多一張發票都會被發現的，更別說襯衫領口的口紅印了，呵呵。」

不知何時進到辦公室的高組長正對著他身旁的新人介紹依晴，雖然說的似乎是依晴的好話，她就是不喜歡高組長語氣裡那種幾分揶揄幾分輕蔑的腔調，正想反擊兩句時，一眼對上了站在組長旁邊的男子。

「來，來，依晴我給你介紹，這是新來的副理，陳世辰，大學畢業生喔，肯來我們這家小工廠，真是低就了，最重要的是——」高組長神祕兮兮說著，「還沒結婚，黃金單身漢啊！哈哈哈。」

按照依晴不肯吃虧的個性，這時應該回一句「他結婚不結婚甘你什麼事」！只是一股小女子莫名的羞怯突然衝上腦門，腦子裡掠過一個還抓不住的念頭居然讓她紅了臉，於是她低下頭，裝做正忙著手上的工作，沒有理會他們。偏偏她從眼角餘光中瞥見高組長正對陳世辰擠眉弄眼，不知哪來的一股氣，她突然站起身，拿起檢核產品的木夾板往桌上一摔，發出的好大一聲響，把眼前三人都嚇呆了。

6

對依晴來說，應該就是按照自己的計畫一步一步走到這兒的，就算不說是「計畫」，至少也是「預期」，只是等到走到這一步，依晴心中的不踏實感卻越來越強烈，說不出原因的一種不安的感覺，讓她對於即將要發生的好事有種也許不會實現的預感。

當陳世辰和依晴到了談論婚嫁的關係時，他才對依晴說，「當時你那好大的脾氣，可是把我給嚇壞了。」

依晴的「好大的脾氣」雖然把陳世辰嚇壞了，卻沒有把他嚇跑，陳世辰職位高於依晴，但依晴工作經驗比他豐富，帶著陳副理熟悉業務的依晴自然呈現著一種特別的魅力，兩人開始一起工作沒多久，就有了第一次約會。

坐辦公桌的人有別於生產線的另一特權，是手頭的工作可以自行調配，為了準時下班，快要敲下班鈴前五分鐘，通常是收拾桌子上的文件，等下班。就在這個時候，陳世辰悄悄遞過來一個信封，依晴嚇了一跳，抬起頭看著陳世辰用眼神問，「這是什麼？」

陳世辰也用眼神回答：「打開來看看嘛！」

依晴抽出信封內的一張紙，是這天晚上大會堂中秋巨星演唱會的門票，陳世辰晃一晃手上另一張票，這次用嘴型說話：「一起去嗎？」

不知道大辦公室裡有沒有人在看著他們，依晴忽然覺得明明已經入秋的天氣還熱得像盛夏，一定是圍繞在她身邊的熱空氣烘出了她兩頰的紅潤，她感覺自己被那漲熱的情緒搞得頭昏腦脹，連她怎麼點頭的都忘了。

演唱會在鎮上唯一的大型表演場所大會堂舉行，和鎮上的孩子一樣，依晴常來大會堂玩，那棟白色的禮堂建築前有一大片草坪，平日大人們帶著孩子在這兒放風箏、打羽毛球，農曆春節放鞭炮、元宵節提燈籠、中秋節賞月吃月餅，可是走進大會堂看表演，對依晴卻是新鮮的經驗。

演唱會結束後，世辰說不想跟散場的人群擠，把依晴帶到大會堂後面的台階上，坐下來看星星。那一次，兩人還是保持距離，不過依晴已經可以想像她把頭倚在世辰肩頭是什麼感覺了。

7

依晴什麼事都對阿興說，陳世辰的事也是。依晴和媽媽感情很好，媽媽教她燒菜做家事，可是有些話不能跟媽媽說，只能跟姊姊說，依晴沒有姊姊，阿興就是她的姊姊。

看完演唱會的第二天中午，正吃著媽媽做的愛心便當的依晴突然冒出一句，

「我要嫁給陳世辰。」

「什麼？」阿興以為自己聽錯了，還是依晴說錯了？依晴繼續嚼著三杯透抽，慢條斯理補充一句：「我是說我早晚要跟陳世辰結婚。」

這次阿興聽清楚了，笑著回答說：「喔，找到對象了？終於啊。」

「什麼終於，」依晴老大不高興，「人家是寧缺勿濫，像我條件這麼好的女孩子，當然不能隨隨便便就嫁掉了，應該說，那個足以和我匹配的男子終於出現了。」

阿興看著依晴，喜歡作夢是好的，擁有夢想也是好的，不過這世道她看得比依晴多，比依晴透澈，很多事不是表面上那樣的。只是這種話不適合說，尤其是在一個適婚年齡的女子透著朦朧眼神時，不適合說出那種殺風景的話。

全工廠的人都知道李依晴和倉管組的陳副理是一對吧，依晴這麼想。

她不介意旁人知道他們在交往，甚至恨不得能昭告天下：陳世辰是我的男朋友，很快就會是我的未婚夫、丈夫，你們這些女生們別含情脈脈看著我的愛人，妄想成為介入我們戀情的第三者；那些男生們別老是帶他去喝酒，三更半夜還不放他回家，世辰將來可是要做個顧家的好男人的……她雖然有眼高於頂的傲氣，卻也沒有張狂到能到處去宣揚自己的戀史，尤其世辰一開始追求依晴就採取謹慎保守的姿態，更讓依晴對除了阿興之外的人說不出口。當她和陳世辰的關係進展到在鎮上的三合旅社度過一個下午之後，依晴想要讓全世界承認她和陳世辰的戀情的焦慮，將她燒灼得坐立難安。

可是離開三合旅社時，世辰再次叮嚀她：「我們兩個人交往的事最好別讓公司的人知道。」

「為什麼？」

「我剛來公司不久，就和辦公室的同事搞戀情，會讓長官懷疑我的工作能力，而且交往是我們兩個人的事，你也不希望自己的私事成為別人茶餘飯後談論的話題吧。」陳世辰這麼說。

是後面這個理由說服了依晴，是啊，這是我們兩個人的事，不需要太多人知道。只是，依晴欲言又止，但是都沒有人知道，好像這段戀情是不被承認、不被祝福的，這樣不也很奇怪嗎？依晴直覺世辰不喜歡她談論這方面的話題，所以她只能點點頭表示同意。她在心裡嘆了口氣，她太在乎陳世辰，小心翼翼不敢違逆他，即使心中隱隱感覺不應該進展這麼快，她其實也不想和陳世辰到三合旅社的，可是事實就這麼發生了，在依晴意料之外或之中發生了。

依晴表現的不過和每一個已經獻身的女子一樣吧，她的目光整天繞隨著世辰，一起工作時固然這樣，當世辰放下手上的工作，暫時離開她，走到別處去時，依晴就焦慮得恨不得跟在陳世辰屁股後頭緊盯著他，等到陳世辰又走進辦公室了，她的眼神就又跟上。陳世辰跟女同事稍稍說上幾句話，依晴心裡就七上八下，尤其那交談若是愉快的，依晴就忍不住在心裡想，你們在說什麼？世辰為什麼笑得那麼開心？

辦公室戀情在那個年代還是不能大張旗鼓的吧，加上世辰明擺著不想讓兩人以外的人知道這件事，依晴焦灼的模樣，經常雖是輕聲細語又有讓人不得不聽從的霸道，她的緊迫盯人更讓兩人的關係面臨緊張的危機，陳世辰幾次跟依晴說，「拜託你不要這樣，辦公室裡很多雙眼睛在看。」

很多雙眼睛在看？看什麼？看男未婚女未嫁一對情投意合的男女在交往，還是有了女朋友的男生跟別的女生在調情？就算只有兩人在的私底下的場合，依晴也不敢說出這樣的話，世辰會發脾氣，依晴也不喜歡那個表現得像個妒婦的自己，她想要用柔情萬縷來纏繞世辰，希望他的心和他的人都在自己的身邊。

她依從他，全心全意順著他，即使如此，依晴還是感覺到世辰漸漸走遠了，人走得開開的，心也避得遠遠的。

阿興當然看出依晴的不對勁，只是依晴不說，她也不想問，戀愛中的男女情緒起伏也是正常的。她只是奇怪，那個自信與勇氣十足說著「我要嫁給陳世辰」的開朗女孩怎麼這麼快就不見了。

然後某一天中午，午休時間，阿興經過大辦公室，沒看見依晴在她的位置上，以為她先去休息室用午餐了，便到位於倉庫後端兩人經常一起吃午飯的休息室找她。

依晴果然在那兒，便當盒放在一邊還沒打開，她趴在休息室唯一的一張小桌上，臉被衣服擋住了，不過從肩膀起伏抖動的樣子看來不難猜出依晴正在哭泣。

阿興不想打擾她哭泣的情緒，拿出自己的午餐自顧吃起來，午休時間有限，中午沒吃飽一整個下午的工作怎麼對付。阿興可不是像依晴還可以在大辦公室裡偷個空，阿興的工作扎扎實實要靠體力，下了班也不得閒，還有一大堆家事等著她呢。

依晴哭了一會兒，抬起頭來，在洗手台那兒洗了一把臉，又走回桌子邊開始吃便當。

「他要結婚了，新娘不是我。」

阿興居然笑了，還差點沒把口中的飯噴出來。

「我以為你在念電影台詞，這是真的吧。」

「他要娶老闆的女兒，在公司行銷部做事的阿芬，說是上大學時候就認識了。」

「早就有女朋友了，那他幹麼來招惹你。」

依晴早就覺得陳世辰這幾個星期來明顯不對勁，本來每天下班都一起去哪裡逛逛走走的，後來約會次數越來越少，有時說要加班，但跟他一間辦公室的依晴明明知道工作沒有那麼多；有時說家裡有事，問他什麼事也不肯多說，最近一星期每天都早退，好像故意要避開依晴。

「昨天下班前他在我桌上放了張字條，約我在公所前的榕樹下碰面，我還以為他終於不忙了，沒想到他告訴我他下個月要結婚了，不想我從別人那兒聽到這個消息，所以先告訴我一個人。我說怎麼從來沒聽你說有結婚對象，他說大學時候就認識的，只是中間分手了，最近才又在一起。」

既然有女朋友，幹麼來招惹我？依晴也是這麼質問陳世辰。

「他說他被我吸引，也真的喜歡過我，只是他更想和阿芬過一輩子。」

「更想和老闆的女兒結婚，好省下一年二十年的奮鬥；更想成為老闆的女婿，擺脫受薪階級，晉身為老闆一族；更想和比依晴更美麗（不，阿芬沒有比依晴更美麗）、學歷更高（不，阿芬也沒有大學畢業，高中畢業就進公司工作了）的女人在一起……」

聽到阿興這麼說陳世辰，明知道用意是安慰依晴受傷的心靈，讓她好受些，也明知道阿興說的也可能都是事實，可是依晴仍然忍不住要替陳世辰辯護。

「也是我自己一廂情願，」（終於肯正視自己是一廂情願了喔）

「沒認識多久就想到結婚上頭去，」（不是沒認識多久，是沒認識清楚）

「也是我自己願意和他去三合旅社的。」（哈，連自願獻身的話都說出來了）

「他還說我如果不想出席婚禮，他也可以理解。」（這是避免美好的結婚盛宴有意外的場面出現）

雖然阿興什麼話都不想說，卻也不能不安慰兩句，否則依晴會多心的，以為阿興也在嘲笑她的失敗，失戀女人的脆弱可以想像。

「你如果不覺得自己是被拋棄的，而減少傷痛，那是最好的，婚禮嘛，想去就去，不想去就不去。」

如果依晴的初戀與失戀到此為止，那也不算是太大的憾事，人生不就是在各種挫折中學習與成長的嗎？偏偏依晴最後決定要去參加陳世辰和廣隆千金的婚禮，她見識了結婚的女人是多麼的美麗。

8

陳世辰的婚禮租下了大會堂的宴會廳，廣隆製鞋廠為了老闆千金的婚禮放了三天假，第一天籌備婚禮，第二天盛宴進行，舉公司歡騰，第三天再放一天假讓所有人好好休息或是回味，而且完全不收禮金，要全廠員工想來的都可以免費來吃一頓大餐，這些都是破天荒的創舉。

大會堂從外頭台階就開始鋪紅地毯，讓來參加婚禮的人還沒進入正式會場，就先感染了新人喜氣洋洋的氣氛。宴會廳擺滿了宴會桌，坐在入口處的桌次根本看不見舞台，想要知道總共擺了多少桌也不知從哪裡數起，光擔任接待的工廠員工就將近三十位。

程組長手上拿著桌次表，看見依晴走過來就笑咪咪迎上前，「來，我帶你去，看看世辰多貼心，知道你和三廠的阿興談得來，特別安排你去坐那一桌，怕你覺得無聊。」程組長的笑太滿了，顯得有些做作，等帶到在入口處最角落的桌次，依晴便明白程組長為什麼露出那麼虛偽的笑容，他應該是公司裡除了阿興外唯一知道眼前這人是世辰交往過的對象。

雖然和阿興坐一桌有個伴，可是根本看不見舞台，那又如何看見新娘的美麗，以及讓陳世辰看見妒火中燒的依晴？於是依晴跟阿興說，「我要去前面找位子坐，你要一起去嗎？」阿興搖頭，依晴便一個人往前頭走。

客人實在太多，接待的人也不見得全認識，依晴有把握坐到自己想坐的位子，她挑了第二列角落的桌次，這一桌才坐了半桌人，桌牌上寫著「男方親友」。既然是男方親友就不會知道依晴也是廣隆的員工，坐在這一桌被請回原來桌次的可能性很低。而且從這個角度她可以清楚看到新郎和新娘，而世辰卻是除非來敬酒，不會看到坐在角落的依晴，他會以為依晴沒來，以為依晴畢竟還是沒有勇氣來看他喜孜孜的新郎俊俏樣子，以為她還是沒有大方到可以出席男友的婚禮。

依晴想著想著眼淚毫無防備地從眼角滑落，幸好這時婚禮已經開始，所有人的注意力都在舞台上正在說話的證婚人，依晴悄悄拿紙巾在眼角按壓了兩下，她記得看過一齣電視劇，也是像這樣的婚禮場合，被拋棄的女主角是射擊隊國手，她不甘願被騙財騙色，於是把比賽用的步槍放在琴盒裡扮成樂隊的提琴手，準備在婚禮上當眾射殺負心郎。想起這個通俗的電視劇，更讓依晴覺得自己一無是處，連表示憤怒的能力都沒有，只能把傷心的冷淚暗自往肚子裡吞。當然她也想起了，那齣電視劇的結局是步槍走火，女主角飲彈身亡，其實女主角一開始就沒打算殺新郎，她只是要在新郎面前自殺，讓他負疚一輩子。這樣說起來，依晴還算是堅強的，至少她可以故示大方看著新郎和新娘對飲交杯酒的幸福模樣。

這一瞬間，新娘和新郎的樣子被放大到螢光幕上，依晴清楚地看著放大的阿芳。她記得阿芳原來的長相，這時螢光幕上的新娘，阿芳右臉的紫色胎記被厚厚的粉蓋住，濃密的假睫毛把她原本細薄的單眼皮貼出一雙嫵媚的鳳眼，加上鼻影使得鼻梁增高，厚厚的嘴唇也畫小了，說這是一張明星臉，沒有人會懷疑。原來，結婚的女人可以變一張臉，變一個樣子，女人就是為了要變成那個樣子才成為新娘嗎？

依晴在新郎新娘開始敬酒前離開會場，她看夠了，她已經知道，她要成為一個結婚的女人。

9

那場婚禮之後，陳世辰沒有再出現在辦公室裡，後來聽說他和老闆的女兒一起到北部去主持另一座工廠。廣隆老闆的事業不只廣隆，不知道這是不是陳世辰的主意，不過這樣的安排對依晴來說是好的，已經不屬於她的人就此走開不也是一件好事。

依晴專心做她的工作，甚至退掉了辦公室的辦公桌，她說她在倉庫工作就可以了，不需要兩頭跑，這樣也更可以掌握倉庫的狀況。程組長沒問什麼就同意了她的請求，雖然他覺得像依晴這樣長得漂亮又伶俐聰明的人藏在倉庫太可惜了，他一定認為依晴受了傷，需要療傷止痛，避開傷心地也是好的，依晴討厭別人這麼想，偏偏她無法否認這個事實。

原本她和阿興共進午餐的休息室成了她的辦公室，她進了工廠打過卡就來倉庫，一直到下班回去打卡，她和工廠的任何人都不必接觸，她要招呼的對象只有看守倉庫的警衛，一組四個人，一天三班輪值，還有送成品過來的裝箱組的人，通常是阿興。

阿興嘲笑她這麼容易就被打敗了，「年紀輕輕就心如止水，可以送到尼姑庵供奉了。」

「你才槁木死灰，」依晴反擊，「人家我只是找一個地方安頓，蓄積再出發的能量，我一定會擁有一場盛大的婚禮，一定會成為一個結婚的女人。」

阿興覺得依晴的說法有點語病，她不是要找一個相知相惜共度一生的人，不是要完成終身大事組織一個幸福美滿的家庭，而是要當一個美麗的新娘？不僅順序不對而且過程完全省略。

阿興自己當年有沒有期待過一場盛大的婚禮？應該沒有，她就是到了適婚年齡，家裡開始有媒人上門，第一個媒人介紹的對象爸爸不滿意，說是眼睛倒三角面有凶相，不會給女兒幸福的；第二個對象爸爸覺得各種條件還可以，結果拿去合八字卻是婚事不宜；第三個對象就是現在的丈夫，身體粗壯人很老實，他們還一起去冰果室吃冰聊了一下，算是交往過了才訂下婚事。阿興的小學女同學、表姊妹很多人都是結婚當夜才看到丈夫的臉，人生不就是這樣？阿興也像其他女朋友們一樣想結婚，也真的結婚了，運氣好男人還爭氣，一輩子順當當，運氣不好，像鄰居黃嫂過不了十年，丈夫就生病死了，一個人要拉拔四個孩子又要照顧公婆還有小姑小叔，不容易啊。

這些話阿興沒有說給依晴聽，她覺得依晴書讀得比她多，人比她聰明，有些事她自己心裡清楚，隨她去吧，有夢想總比沒有好。結婚只是一個開始，俗話說「終身大事」，結婚對女人來說也許是完成終身大事，但結婚之後還有漫長的人生路啊。

見識過一場婚禮之後，依晴安安靜靜在廣隆待著。像她條件這麼好的女孩，自然也有很多人幫她介紹對象，有一段時間，一到週末假日，就是依晴的相親日，同事的堂哥表哥、長輩認識的好青年、鄰居的高中或大學同學……等等，也參加和其他工廠的男女青年一起去溪邊烤肉、登山等社交活動，其中有幾位交往得比較久，大部分都是見面一次或兩次就沒有結果。交往比較長久的幾位，到了快要論及婚嫁時，都在依晴覺得「這不是我想共度一生的人」，而由依晴提出「就這麼結束了吧」的話。

阿興也勸過依晴，「你想過要共度一生的人是什麼樣的人嗎？這世上有多少女人是結婚當天才見到自己丈夫的，還不就那樣過了一輩子。你不是想結婚？眼光不要那麼高，小心撿石頭撿到最後剩下小石子。」

依晴也不反駁，只是笑，阿興心裡明白，每一個男人都要拿來和陳世辰比較。陳世辰是一把量尺，用來量度未來要和依晴共度一生的人。

終於在這把量尺的嚴格檢驗下，產生了合格的人，依晴願意和他共度一生，他也願意把依晴娶回家。這人是親戚長輩介紹的，也可以說是相親第四十八次之後的收成，反正人阿興也不認識，依晴連名字都不說，只說長相端正，在鄰鎮開了一家小公司，進口家具燈飾，大約是太投入工作，忙得沒有時間交女朋友，錯過了適婚年齡，那人足足比依晴大上八歲呢。

依晴有了新的結婚對象之後，每天都不自覺端著一張笑臉，原本就美麗的臉龐是容光煥發，只有一次碰觸到一個敏感話題時，依晴的笑容不見了，嚴肅而緊繃的臉上有幾分憂心，她問阿興：「你覺得女人的貞操還會是婚姻的障礙嗎？」這個問題她只能問阿興，她把阿興當姊姊啊。

結果阿興沒有正面回答這個問題，她說：「關於這個問題，我哪懂啊，不過不管什麼時代，我建議你還是不要坦白，想辦法掩飾過去吧。」阿興的意思是不管對方是開明或保守，在婚姻裡有些事還是不必太坦誠，這是千古不變、老少適用的道理吧。依晴後來如何處理這個問題，阿興不知道，她永遠沒有機會知道。

10

火災事故之後，依晴是唯一被有關單位約談的人。雖然火場鑑定的結果是電線走火，不是有人亂丟菸蒂，不是人為縱火，不是小孩子放鞭炮惹的禍，就只是某一段老舊的電線冒出火花的小爆炸，波及近旁易燃的紙箱，終於一發不可收拾。倉庫的貨品都有保險，比較嚴重的損害就是死亡的阿興和受重傷的警衛阿土，不過公司大方地給了豐厚的撫恤金，阿興的家人都是純良的普通百姓，默默哀傷地辦好了阿興的喪事，對於公司沒有任何責難，所以那種電視新聞裡會出現的抬棺抗議之類的事沒有發生。檢調單位詢問依晴也只是例行公事，了解一下火災怎麼發生，他們怎麼發現的，發現之後怎麼處理等等……問訊之後完成一份調查報告，呈送上級，等到層層官章蓋完，這個案子送進資料室歸檔，一切就結束了，彷彿水過無痕。

依晴被詢問時根本處在一個意識不清的狀態下，對方問些什麼，她回答了些什麼，她一點印象都沒有，她整個人還在一個震驚的情緒裡，不想知道這一切是怎麼發生的，不想相信這一切就這麼發生了，關於阿興的死，還有那人要退婚。

依晴不必弄明白，和芷悅、哲欣等另外幾個和這件事有關的人一樣，都選擇離開，像逃難一樣迅速逃離和現場相關的一切，依晴還是最後一個，她最後離開。

接下來那些年，依晴一直在想，她為什麼一定要結婚呢？爸爸在小鎮上開設的百貨行，雖然漸漸和流行脱節，一家一家新式的服裝行甚至中型百貨公司，陸續在小鎮出現，如果這些新店還不能滿足追求時髦的潮男潮女，週末假日在三十公里外的大城市的大型百貨公司，也都可以滿足購買欲望。依晴爸爸開設的百貨行留給懷舊保守的老顧客，經常出售的貨品變成內衣褲、學生制服、雨衣、書包等雜貨。但是店面是自己的，住在小鎮裡日常用度開銷也不大，如果依晴想待在家裡陪伴兩老，一直到自己跟著老去，也不是太困難的事。

依晴對於自己執著於結婚這件事也很難理解，她覺得每個人活在世上都該有夢想吧，只是她的夢想剛好是結婚這件事罷了。

11

許多年過去了，依晴決定要完成了自己的夢想，當一個結婚的女人美麗一天。

她在當時很有名的婚紗街來來回回走遍每一家婚紗店。每一家都有一個吸引人的店名，「鍾愛一生」、「美麗奇蹟」、「最愛」、「百年好合」、「凱薩琳」、「蘇菲雅」、「薇薇」……走進去後其實大同小異，接待她的業務拿出厚厚幾大本的型錄，看得人眼花撩亂。大部分人都不耐煩看那麼多外行人看不出其中差別的型錄，最後會聽從業務的建議挑選兩、三套禮服試裝，然後配合業務的建議搭配出一整套的婚紗攝影套餐。

可惜依晴不是「大部分人」，她很有耐心地對著一整排的婚紗挑三揀四，然後選定三、四件試裝，每試一件在鏡子前左看右看，連彎腰下去裙襬翹起的角度都要挑剔，在每一家店都耗上大半天，然後說，「這件那件的型號幫我記下來，我比較看看再決定」。接著往下一家店繼續試穿婚紗。

沒幾天整條婚紗街的人都知道有個專門試婚紗的李小姐，正當大家議論紛紛「這位李小姐是不是真的要結婚啊」、「很少人是一個人來試婚紗的吧，就算另一半沒來至少也有些女朋友陪同出主意吧」，而想說應該以什麼樣的態度來打發依晴時，依晴就已經跟「最愛婚紗攝影禮服公司」簽訂合約。租借三套禮服拍攝婚紗及婚禮當天使用，加上二十五組婚紗照片，總共六萬元，這可是當時一般上班族兩個月的薪水。依晴在合約上乙方的位置簽下新娘李依晴，那一刻，她知道今生的夢想只差最後一步就實現了。

拍婚紗照那天，依晴一個人到達婚紗攝影公司，美髮師、化妝師、修甲師還有行政助理在等她，攝影師、燈光師以及道具小弟都在攝影棚準備，今天有一整組人要伺候她，這一天，只有她是主角，眾星拱月的主角。

「我先生今天要上班，他工作可忙呢，晚上有個案子要趕出來，不過他晚一點會到，反正新娘化妝、換衣服都比較花時間。」依晴不等人問為什麼新郎沒有一起來，自己先解釋了一番。

「是啊，是啊，新娘要花的時間多，新郎晚一點來無妨。」現代社會大家都忙，而且越來越多新郎不耐煩一起出現，那起碼要多等上三個鐘頭。沒有人對依晴的話感到懷疑，即使到了要拍照前新郎沒出現也不會有人介意，反正所有費用已經付清了，這年頭見怪不怪，有人想要拍一組沒有新郎的新娘婚紗照這種生意一樣可以照接。

梳好頭、化好新娘妝，助理幫她穿上白紗禮服，這麼繁複的衣服新娘一個人是無法獨自穿上的。依晴在大型穿衣鏡前繞了一圈，真是完美，一個美麗、毫無瑕疵的新娘就展現在鏡子前。「我的手機呢，誰幫我再打一次電話，我老公已經在路上了，是不是大塞車啊，就告訴他要早點出門，這下，這下怎麼辦？」

新娘不要急，聲音要輕緩，舉動要溫柔，太粗魯的行為是配不上這份純然的完美。助理去問了攝影師，沒問題，當然可以先開拍新娘的部分，大多數的婚紗攝影都是以新娘為主，二十五組照片中通常新娘的獨照會占一半以上，所以呢，所有助理和攝影師們都在前頭攝影棚準備。新娘新娘不要急，你安心在這兒等著，我們準備好了再來叫你，別著急，不然出汗的話又要補妝了。

依晴一點也不急，所有節奏都在她掌握中，接下來她要走出化妝室，搭電梯到頂樓，走一層樓梯，推開通往天台的鐵門，走上屋頂的平台。

今天太陽好大啊，才六月天，才上午十點多，太陽就高高掛在天頂，這麼炙熱的天氣跟那個夏天午後很像吧。依晴站在欄杆邊，正對著紀念堂的宏偉的大殿，這座紀念堂比家鄉的大會堂壯觀許多，在這兒舉行婚禮一點也不遜色吧。她探頭看看下面，真熱鬧，柏油路在陽光下閃爍爍的，感覺像是很多金沙在上頭舞著；大大小小的車子一輛接著一輛，那一座一座的紅綠燈也很像典禮會場旋轉的宴會燈；人呢，喔，人都在騎樓裡，不過，沒關係，等一下人人都會跑出來看熱鬧。

在這炎熱的大太陽下久待會曬出黑斑，而且臉上精緻的新娘妝也得防著被汗弄糊了，得盡快留住自己最美的這副模樣，依晴想。

穿著蓬蓬圓裙的禮服要爬過這欄杆實在辛苦，不過依晴不擔心，慢慢翻過，姿勢不雅無妨，此時沒有觀眾，待會墜地前她會擺出最優美的姿勢。這麼大、這麼氣派的會場，這麼熱鬧的街道，還有這麼多觀禮的群眾，我的婚禮也不賴吧，終於終於，我也是個結婚的女人了。

依晴最後一躍之前，臉上掛著微笑，那臉頰旁的兩個小酒渦可愛極了。

第六章　單獨之人

1

這世界上，話說得太多了，該說的與不該說的，太多的話語在我們身邊飄來飄去，讓充滿各式生命和無生命的空間顯得太擁擠，越來越擁擠。

芷悅屬於沉默寡言的人，那件事之後，更是非必要不開口，偶爾開口時還會被自己陌生的聲音嚇了一跳。她一向獨居，常常一整天一句話都沒說，但她仍然覺得自己說過了太多話，說出了太多真實，即使她這麼覺得，人生還是有很多沒說出的話，沒發現的真實。

2

芷悅的工作就是聽人說話，一個星期有幾天，約好的時間，她出現在對方家裡或約定的場所，她在習慣的位置坐下，從手提包裡拿出錄音設備，一開始是卡匣式的錄音機，後來是錄音筆，最近一、兩年因為智慧型手機的錄音功能也很方便，她有時也拿出手機，和筆記本以及一枝筆放在桌上。合作久了的客戶會為她準備一杯咖啡，知道她喜歡南美洲咖啡濃而不苦，加奶精不加糖，而客戶通常只要一杯水。

彼此這麼熟悉，因為他們會在一起工作一段時間，對方說，芷悅記錄，把客戶的喃喃自語化為文字，完成後交給客戶，就能領到酬勞。

芷悅記得她中文系的老學長，現在是知名作家，曾經回去學校演講，他提起自己十歲立志當作家的經驗。那一年農曆年圍爐，孩子們圍著大家長等著發壓歲錢，大家長心血來潮，問大家將來想做什麼，這種「我的志願」的作文題，在求學的每一階段都要寫上一遍，有的孩子說想當律師，有的是醫師，還有工程師、教師，都是「師」字輩，一個小孩說要修水電，人家長臉色一沉；一個孩子說要當政治家，大家長掩不住喜色。輪到學長時，他說他要當作家，大家長問，「這是什麼工作？」學長回答，「就是我把寫在稿紙上的文字寄出去，就會收到一筆錢。」據說學長每次說到接下來的結果，都會引起哄堂大笑，製造氣氛效果十足。大家長聽到這個回答怒不可遏，打了學長一個巴掌，說，「有這麼好的工作，還輪得到你做！」

芷悅現在做的就是這個這麼好的工作。

這原來是她直屬學姊的差事，大學畢業那一年，申請學校等了一年的學姊突然收到國外的入學通知，手上應允的工作紛紛找人接手，芷悅分到的工作是幫一個過世的企業家寫傳記。

學姊帶她去見客戶，一路上一直強調這個工作她很捨不得放掉，因為那個阿嬤人很好，家裡很有錢，事成之後的報酬一定很優厚。

阿嬤住在市郊，地價房價都很高檔的半山腰，那房子遠遠看似乎是美洲那些地大物博的地方才會有的大房子。學姊開車，那部老舊的小車就停進寬敞的停車棚，她們去的時候是下午，公務在身的車子應該都出去了，車棚裡還停著兩部車，是什麼牌子的名車芷悅不認識，只知道和路上常見的國民房車不同。佣人來開門，說阿嬤和二小姐在四樓，她們搭電梯上樓，蓋在屋子內的電梯，芷悅通常只在電影裡見到。

阿嬤果然是個好人，熱情招呼她們坐下，讓佣人送上玫瑰茶與水果盤之後，迫不及待要說起阿公的故事。她手上捧著阿公的遺像，一秒鐘都不肯放下，有時還說著說著就對著遺像說話：「你看這小姑娘多可愛，高高瘦瘦的，那一頭長髮真漂亮，她答應要把你的故事寫下來呢。」有時又毫無徵兆流下兩行眼淚，拿面紙自己擦擦臉，又對著相片說：「我就是這麼愛哭，讓小姑娘見笑了。」

二小姐拿出事先準備的一堆影印資料，並簡單介紹阿公經營一輩子的事業，這些都是要寫進書裡的。阿公過世已經半年，阿嬤仍然不願承認老伴不在的事實，他們做子女的想藉由幫爸爸寫回憶錄，讓阿嬤一方面回顧往事，一方面慢慢接受。

阿公白手起家，從無到有，靠自己雙手一點一滴打造了自己的企業，固然也是搭上了台灣經濟起飛的便車，在大時代中創建企業王國。看到阿公的事業版圖所創造的營業數字，確實值得記錄下來，不過最讓芷悅動容的，還是阿嬤對阿公的深愛與不捨，她捧著老伴的遺像，娓娓訴說的過程中，經常停下來對著遺像解釋兩句，完全當作和老伴一起進行這件事。也許有人看起來覺得詭異而心生不安，芷悅卻不以為意，每個人身上或多或少都背負著、兩個人的人生吧，芷悅不也是？

而且芷悅擅長聆聽，專注地聆聽，一坐四、五個小時，既不嫌累，也很少插話，回去後把錄音內容用自己的方式寫出來，客戶一看超乎自己想像的滿意，都說比自己講的還要好。原來芷悅也擅長化妝，為故事化妝，別人說的故事不管好聽不好聽，她都能寫得精采動人，而且客戶完全感受不出這不是他所說的內容。

第一個工作表現出色，不但阿嬤讚聲連連，眼淚汪汪拉著芷悅的手說要收她當乾女兒，芷悅硬著心腸婉拒阿嬤的建議，只說阿嬤要是覺得她的工作做得好，幫她介紹工作吧。於是阿公生前的企業家朋友們看到成品，都指名要芷悅為他們寫回憶錄，於是芷悅以「這麼好」的工作維生，寫完一本書，拿到稿費她就出國旅遊，回來後再繼續工作。

十多年過去了，芷悅也幫一些企業家、將軍、退休高官寫了十幾本傳記，每個成品芷悅至少有一、兩本，她都轉送出去，一本也沒留下，那些人的人生在芷悅寫下最後一個句點時，對芷悅來說，就是放下了，她不需要再背負這些她不想再背負的人生。

3

每年這一天，她都想像一個模式，然後試著按照自己想像的那個模式過著。

芷悅站在日本東京新宿車站。

新宿車站是日本東京新宿最主要的鐵路車站，整個站區橫跨東京都的新宿區與澀谷區，好幾家鐵路業者包括JR東日本、小田急電鐵、京王電鐵、東京地下鐵及都營地下鐵等都使用這個車站。根據統計，JR路線每日使用人次（以出入閘人次計算）為一百五十七萬，在日本居第一位，而所有在這兒的各線鐵路業使用總和達到每日三百六十萬人次，在金氏紀錄上是「全世界乘客最多的車站」，關於新宿車站・維基百科這麼說，等於整個新北市的人口在同一時間從戶政系統上的數字走出來，進入這個車站，為了要去哪裡而忙碌地在各個通道、月台甚至車廂間移動著。

芷悅記得，曾經有一張照片，記錄泡沫經濟下的日本，就以新宿車站為背景，拍下早晨尖峰時段新宿車站下樓梯的人潮，因為要快速而準確地行進，每個行走的人都低著頭，注視著下一層階梯，照片的圖說顯示這是一群陰暗而沒有生氣的人。如果現在有照相機對著這座樓梯，那麼就會拍下在快速流動的低著頭的人潮中，有一張對著鏡頭的臉，雖然並沒有低著頭，卻依然陰暗而沒有生氣，那就是芷悅。

她在這裡做什麼？沒做什麼，她只是漫無目的地走著，從三丁目往新宿車站走，經過一個斜坡，錯過進入車站的地下道入口，繼續往前走，向左進入高島屋百貨，從三樓往上逛，在不知是幾樓的壽司專賣店點了一份套餐，相較於百貨公司外頭的人山人海，這兒清靜許多。然後從百貨公司和街道相連的天橋走出，繞過某醫大附屬病院，再從新宿西口的地下道入口進入，又走進迷宮似的新宿車站。接著在某一座樓梯中途停下，看著毫不遲疑急速前進的人潮從身邊擦肩而過，她抬起頭，沒有照相機，也不需要照相機，她知道自己是什麼樣子。

芷悅經常出國，她努力工作賺得的每一份錢都花在旅行費用上頭。認識她的人都非常羨慕她能夠四處遊歷，只有她自己才知道那一點都不值得羨慕。不管是法蘭克福機場、紐約中央車站、上海南站或是烏魯木齊火車站，對她來說都一樣，到任何地方旅遊，她都把所有時間消耗在機場或車站，人越多的地方越好，只有身旁人來人往，她才能確定時間仍然在流動著，這世界依然以一種秩序向前邁進。而她，並非單獨的存在，單獨的人。

4

除了逛機場、車站等人多的地方，芷悅還有一個怪嗜好，她也喜歡逛墓園。第一次出國是跟旅行團去澳門，她看到行程上有一站是，澳門基督教聖堂及墓園，第一眼看到行程表時，芷悅想了一下，幹麼逛墓園，省門票嗎？真正開始遊逛時，芷悅根本心不在焉，連走過哪些地方都沒留心，看到簡介時才發現已經在墓園裡了。

這個基督教墓園原屬於東印度公司，一九二一年第一位來華的基督教傳教士馬禮遜因為妻子在澳門病故，便以英國東印度公司職員的身分，請求公司向澳門政府申請將現址闢為墓園。馬禮遜是第一個將《聖經》翻譯成中文的人，也是第一本中文字典的作者，所以基督教聖堂又稱馬禮遜堂。墓園分兩個部分，前頭馬禮遜小教堂，是澳門第一座基督教傳道所，後頭墳場，有墓塚數十座，埋葬的大多是來華的英國商人。

若不是簡介上看到的這些訊息，芷悅還以為這也是一座公園，綠意盎然，完全沒有墳場陰森森的感覺。即使像一座花園，華人還是習慣盡量遠離這種地方，所以芷悅反而可以不受打擾任意閒逛，她喜歡研究四四方方大大小小的石棺，也喜歡去讀墓碑上的文字，即使看不懂，但想到任何一個人最後能證明他曾經活過的日子，就只剩這區區幾行文字了，她忍不住要多看幾眼，如果這墓碑的主人知道曾經有陌生人這麼熱切想要了解他，會不會有一點感動？

那次之後，芷悅就常常逛墓園，中國有很多以古蹟為名的名人墓園，像定軍山下的武侯墓，祠堂後面那一座高約五米的土丘聲稱是諸葛亮的真墓，這位家喻戶曉的一代英傑即長眠於此。墓上種栽著一株明代的黃果樹，高大挺拔；墓表春草覆蓋，細看之下，碧青的葉子上的露珠鮮活得像要溢出來。墓園裡面松柏長青、青石鋪地，墓後面還種有兩株桂樹，傳說是三國時期種植的。桂樹可以從一千多年前活到現在？芷悅不在意這些傳說是真是假，只是在那有參天古樹又綠蔭沁涼的地方悠閒地走著走著，芷悅那波動而不安的心才能平靜下來。

5

或者是，她哪裡也不逛，待在家裡打電話。

芷悅拿起電話，照著國中畢業紀念冊上的通訊電話撥打。

「請問黃鳳妃在嗎？……我是她國中同學，我是周芷悅啦……喔，她到台北讀書了啊，我們要開同學會，要通知她……好的，謝謝，謝謝黃媽媽。」

「請問哲欣在嗎？郭爸爸啊，我是芷悅，哲欣考上哪裡？台北的大學啊，新聞系，喔，很好啊，我啊，我讀中文系……可以告訴我她住的地方的電話嗎？……好的，謝謝。」

「您好，我找李依晴小姐……她離職了喔，那麼您知道怎麼跟她聯絡嗎？我是她表妹，剛從國外回來，想去找她，您也不知道？好的，謝謝。」

「某某國小嗎？請問吳芳荷小姐在嗎……下午公出？好的，我再打來。」

芷悅在她的電話簿裡更新這幾個人的聯絡電話，她每隔一年都做一次這件事，只是更新，卻從來沒有打過電話，她只是希望當她要找到她們時，可以立即找到。如果哲欣的爸爸或鳳妃的媽媽某天突然跟哲欣或鳳妃提起，芷悅那天打電話來，跟她聯絡上了沒有？那麼或許哲欣或鳳妃會打電話給芷悅，她們可以用同樣方式，也就是打到芷悅老家問到芷悅的電話。但是這種事一次也沒有發生。如果芳荷的學校或依晴的公司接到芷悅電話的人有一個偵探鼻的話，或許會告訴依晴或芳荷，有一通可疑的電話，於是他們也可以試著追查到芷悅這頭來。但是這種事也一次都沒有發生。

直到那天凌晨四點多，芷悅正要睡下，也許只是巧合，也許是時間到了，到了讓這件事有個結果的時候，她那長久未發生作用的「超直覺」竟然讓她想要打電話給鳳妃，她也依循直覺撥打了鳳妃的電話，聽鳳妃講了一個好長好長的故事，那段不存在的時間就像按鍵突然恢復功能，按一下，所有檔案回來了，一切又順著原來的軌道運行下去。

6

和鳳妃通過電話後，芷悅感覺自己身上那沉睡了很長一段時間的某些部分甦醒過來了。她曾經想像過這件事要如何發生，她每年都寫一次卡片，四張一模一樣的卡片，信封都寫好了，也貼了郵票，內容都一樣，「有些事有些人我們不應該忘記，如果你願意，讓我們相聚一起，來懷念那不該忘記的人」。這樣的文字只有某些人才看得懂。

但是芷悅沒有寄出，一年四張，二十年了啊，一大疊的卡片和那個薪水袋，都放在行李箱的底層。她不敢寄出，因為她不知道其他人收到卡片的反應是什麼，說不定根本沒有人還記得這件事、這個人，何況見了面又如何，她不知道見了面要做什麼？如果不知道下一秒鐘發生的事是否可以承受，每當這個時候，芷悅總是選擇不做，讓自己混跡人群眾多吵雜的場景以及在安靜墓園漫遊，都是同樣意義的選擇，至少她會知道接下來的時間她還存在著。

一年又一年，她做著同樣的事，寫卡片，寫信封，貼郵票，然後放下。

結果事情居然出乎她意料這麼容易，她跟鳳妃約好時間，由鳳妃打電話給哲欣，不必特別說見面原因，她們曾經是多麼好的朋友，這麼多年沒見了，想念就是最好的相見理由。

倒是打電話給吳芳荷難度較高，芷悅並不真正認識她，她們只有一面之緣，芷悅已經「認識」她二十年了，她對她這二十年來的生活的了解就算不是鉅細靡遺，也有某種程度的掌握，可是芷悅怎麼讓芳荷知道她這個人的存在呢？

她先模擬了好幾次，說話的順序，解釋的內容，哪些要說清楚，哪些可以輕描淡寫，如果芳荷這麼回應，她要如何接續……等等。這個階段的芳荷不接手機，於是芷悅打到學校總務處去，電話一接通，芷悅說：「吳小姐你好，我是周芷悅。我有事要告訴你，可以找個時間碰面嗎？」

「誰？」芳荷靜默了至少一分鐘。一分鐘，六十秒，人類的腦海中每一秒可以轉多少念頭，閃過多少畫面？而二十年前吳芳荷和周芷悅在一座工廠裡的短暫相會，甚至休息間的即溶咖啡都在那六十秒、那莫名的手快速翻閱的記憶篇章裡。

「我知道，是你，終於打來了。」

她知道，她記得，芷悅是那終於打電話來的人。掛上電話，芷悅好想哭，原來不是只有她一個人，把那件事那個人當作最重要的東西，層層包裹，放在心靈深處，不敢時時去探看，卻也不容許自己忘記它的存在。

7

她們約在清心冰坊，這冰果室也許換過幾次店址，也許一直在那兒，不管多久沒去，問一下，它總是還在。家鄉的感覺就是這樣。

芷悅記得一開始它開在大街上，店面狹長而幽深，感覺不像冰果室，如果在座位旁加上布簾，簡直就是情人雅座；之後搬離繁華大街，在小鎮邊緣，變成像露天咖啡座的開闊空間，入門處是透明的塑膠條簾，夏天攔住冷氣外洩，冬天擋住颼颼冷風；現在它又搬回大街，在兩條大馬路的三角地帶，像時髦的連鎖超商，有大陽傘撐開的戶外座位區，也有像速食店明淨而有設計感的室內用餐區，販賣的食物也從冰果增加了簡單的餐食，來到冰坊吃冰因此變成飯後甜品，就像那家歷史悠久的麵包店重新裝潢後，化身咖啡館。冰果店賣雞絲麵紅豆銀耳湯，麵包店賣豆漿拿鐵玫瑰蜜茶，這就是多元化經營，複合式的小鎮。

芷悅擬寫了開場白，她原先還想要不要把那一疊卡片、薪水袋、發黃的剪報一起帶來，後來想到那個行李箱底層的東西始終是她一個人的，是她自己選擇不闔緊箱蓋，任由那件事那個人在她心上生根發芽茁長，她沒道理要其他人跟她一樣，既然放在箱底了，就那樣放著吧，芷悅最終如此決定。

而已經擬想好的開場白並沒有派上用場，鳳妃先到，然後是哲欣。等到像個陌生人的芳荷不安地搓著手，在芷悅對面坐下時，芷悅竟然沒有預警地開始發笑，先是掩著口，秀氣地微微笑，接著就像發現一件十分可笑的事一樣，開始無法控制地大笑起來。

哲欣和鳳妃沒有制止芷悅，她們讓她笑，盡情地笑個夠，笑得眼淚都出來了，笑得她們看她笑的模樣十分滑稽也跟著開始笑，然後三個人笑得捧著肚子喊痛，笑得用手背去揩拭眼角溢出的淚水。她們以前在一起的時候多麼愛笑，鳳妃最愛笑，笑得誇張，哲欣其次，是有教養不露齒的淑女式優雅的笑，反而是芷悅不大笑，總是像個超齡的老小姐一樣牽動嘴角聊備一格的笑。老友相聚就該這樣不是嗎？雖然芳荷在旁邊看得莫名其妙。

這麼多年就這樣過去了，笑裡藏著的，是喟嘆還是無奈？

8

「我的第一個男人是有婦之夫。我在笑這個？直到此刻我才覺得我可以笑，開心地笑，幸福地笑。」

這是芷悅的開場白，和她原先擬想的不一樣，她原先想說什麼？大約是像剪報上的內容一樣，說那篇報導，報導上的事實像個巨大的石頭壓在她背上，她不敢放下，一直馱著，越來越重，讓她幾乎要被壓倒在地上……之類的，可是一開口，芷悅忽然不想說這些了，那石頭是她自己扛上的，沒必要讓其他人也一起背負。在這個世界上，每個人都是單獨的存在。孤單而獨特。

「我沒有想過我可以愛一個人，那個夏天之後，把所有的欲望、希望都拋掉，那是我欠她的，我覺得。」原來芷悅把大家找來，是要說故事，說她自己的故事，或是「她」的故事。

9

芷悅在工作、住處、嘈鬧的機場、幽靜的墓園之間無聲無息地活著。她很久沒回老家了，久久爸爸會打電話給她，說一些像是「中秋節到了，有月餅吃嗎？要不要爸爸寄一盒給你嘗嘗」、「元旦連假有什麼打算？若沒事就回來一趟吧」、「颱風要來了，關緊門窗喔」……都是她可以用「嗯」、「好的」、「知道了」簡單回答的問題，反正爸爸也知道不管是寒假、暑假、新年、中秋，芷悅都不會回去了，她從家裡帶走媽媽留給她用的那個紅色行李箱，爸爸就知道芷悅不會再回到她長到十五歲的家。

李樂是芷悅的客戶的晚輩，某一天芷悅在那退休將領的客廳中遇見。

那退休將領住的還是政府配給他的宿舍，位於鬧區精華地帶，占地約百坪，客廳就有芷悅租住兩房一廳的公寓那般大，品質很好的檜木椅上金黃色坐墊讓人聯想到清宮劇中的皇家，而且圍靠在客廳的三面牆邊。芷悅第一次坐在這個大客廳給老將軍錄音時，就想不透為什麼這個客廳需要這麼多椅子，至少容納得下早年國民政府的八部二會首長，難不成這兒是國是會議的議場？有趣的是，至少在芷悅撰寫這本回憶錄的大半年間，這客廳都只有他們兩人，偶爾佣人進來端茶倒水，輕悄的腳步聲讓老將軍若洪鐘的大嗓門完全掩蓋住，幾乎沒讓芷悅感覺到他的進出。

介紹這份工作的出版社老闆私下叮嚀芷悅，訪談時不要坐在老將軍旁邊，最好坐遠點，因為當年老將軍即以好色聞名，尤其喜歡年輕貌美的女子，看上眼了就搶來當姨太太，所以正式入門的姨太太排到兩位數以上，更別說在外頭隨興強占的民間女子。芷悅沒有告訴出版社老闆，正是這一番言語引起芷悅的興趣，都什麼時代了，這種道聽塗說的傳言還能出自一位經營出版社的知識份子，可見這類的流言蜚語多麼吸引人，如果這個人真的有這麼多風流韻事，她暗下決心要把這些全寫進書裡。

那天也在老將軍客廳的李樂，不發一語聽完整段訪談，一度讓專心工作的芷悅以為他已經走了，直到訪談結束，老將軍要李樂送芷悅一程，老將軍的話是不容許打折扣的，不習慣上陌生人車子的芷悅只好讓李樂送她回家。之後每次在和老將軍的訪談結束，李樂就會出現，不只送芷悅回家，還會帶她去吃館子，甚至自做主張買了音樂會的門票，車子直接開到兩廳院，讓芷悅連「我還有事，要回去了」這種話都沒機會說出口。

一開始交往，芷悅就沒過問李樂的婚姻狀況，她沒有想過要跟哪一個男人長長久久，自然不在乎他是單身或已婚。對芷悅來說，跟李樂在一起，永遠有熱鬧喧囂讓她忘記自己的單獨，李樂就像是一座飛機場，也是一座火車站。

他們在一起兩年，好像是某些社會學家說的，兩性互相吸引的戀情大約只能持續兩年，這時提出這樣的說法並不代表芷悅相信這種理論，只是因為剛好是兩年，因為李樂的婚姻狀態對兩人的交往造成的干擾持續兩年之後，芷悅再也無法忍受，而說出分手的話。

所謂的干擾是哪些事？譬如中秋節這種家人團聚的日子，李樂必須待在家裡，而芷悅看著又大又圓的月亮，想到如果她必須一個人看著那一輪圓月想像神話傳奇，那麼何必交男朋友？譬如有一次李樂帶她去逛百貨公司，把她放在女裝部，要她自己挑一樣生日禮物，然後自己跑去童裝樓層買給孩子的禮物；又譬如兩個人在市郊氣氛情調都很好的高檔餐廳用餐，前菜才上來，他的手機電話響過之後，李樂就顯得心不在焉，努力掩飾自己急著結束這一餐飯的焦急心境。兩人有默契不碰觸關於他的家庭的話題，只是每當這個時候，一向善良的芷悅，總忍不住想脫口說出一些尖刻的言詞，似乎只有這樣，她才能稍稍緩解自己複雜的情緒。她討厭這樣的自己。

已經兩年了，李樂對芷悅當然也有一定程度的了解，當芷悅說出，「我們別再見面了」，李樂就知道分手已是無法挽回的事實。

「如果你也是有婚姻的人，我們就可以繼續走下去了。」李樂竟然這麼說，說這是不公平的戀情，「如果你也有家庭，就能理解我的為難處。」

原來橫亙在兩人之間的障礙，是李樂的已婚和芷悅的單身，如果芷悅也有婚姻，兩人會更難才能湊出時間見面，但那時的相處彼此都會更珍惜。

一個已婚男子和單身女子的戀情結束，原因居然是，那是不公平的交往，那麼什麼是公平的呢？在那個豔陽高照的夏日午後，兩人三人一組，不要聚在一塊行動，或者在漆黑的倉庫內，六個人緊緊倚靠在一起不要分開，又或者那防火閘門晚一點落下，只要稍有一點不一樣，就能夠改變結果吧，只是，所謂「公平」的這把秤吧，大約從來不曾出現。

離開她愛的第一個男人竟然一點傷痛都沒有，想到他、看到他送的禮物回憶起兩人在一起的時光心口有點甜滋滋的，如此而已。解釋只有一個，那個傷口太巨大，遂讓任何小傷小痛都微不足道。

10

依晴的故事芷悅替她說，因為她已經不能說自己的故事了。她的人生結束在一場婚禮之後。

依晴是誰？如果當場有人這樣問，那這人該打。

依晴是那個長髮挽起繞了兩圈盤在後腦勺，眼睛大大圓圓，皮膚白皙，臉頰旁兩渦小小的酒渦，笑起來露出一點小小的虎牙，在當時我們這幾位小女生眼中是一位美麗的大姊姊。鳳妃說。

那位大姊姊泡了很香很好喝的咖啡給我們喝，我這輩子永遠記得那一杯咖啡的味道，直到現在，我每回喝咖啡，第一口啜含在口中的咖啡，總是在想，這一杯咖啡和那一杯相較，味道如何？這是哲欣說的。

更重要的是，依晴是在漆黑的火災現場帶著我們避到最後一間庫房，且果斷地決定放下防火閘門，把猛烈的火勢阻擋在防火門外，讓她們能撐到救援到來而保住一條小命的人。芷悅不會忘記這一點。

當然，依晴也是讓阿興去尋找另一條生路，又斷然放棄等待趕來會合的阿興，而滅絕了阿興可能生機的那個人。依晴是芳荷的表妹。芳荷的命運和她們聯結在一起便是因為這一節親戚關係。

她們都還記得，依晴介紹完她的表嫂芳荷後說了一句話，「我下個月要結婚了，要請一陣子長假」，她們那天見到的，正是快要結婚的依晴。

依晴和芳荷是親戚，即便平日不常往來，逢年過節總是碰得到吧，再不然，親戚間流傳著某人的訊息、近況也很自然的事，但芳荷並沒有比芷悅更了解依晴後來怎麼了，便是因為依晴在火災事故之後不久，離開了小鎮。

「據說依晴的未婚夫片面提出退婚的要求，」什麼原因？有各種說法，因為和芳荷不相干，過了這麼久，她也不確定哪一個理由才是正確的，「總之，退婚之後，依晴就離開廣隆，離開小鎮，到北方的城市一個人生活，好像也不常回來，我最後聽到她的消息，還是清明節，整個家族到山上整理祖墳，聽志民在和大舅說話，一句『這麼好的女孩幹麼要想不開啊』，如此而已。」

接下來這些事是芷悅追蹤依晴的行蹤時獲知的。

芷悅自己在離家數百里的城市屏息安分地過日子，她知道哲欣出國讀書、回國後開傳播公司忙碌接案子；她知道鳳妃在補習班教兒童美語，和男朋友同居多年；她知道芳荷表面上看來是幸福美滿的小鎮主婦，這幾個人有固定的住所很容易追蹤，只有要找依晴得多花力氣。

依晴經常換工作，一換工作就搬家，芷悅必須在自己的記事本上寫下「每個月探訪一次」來提醒自己。有一次芷悅去美國西部旅行，路過一個小鎮，發現這是一個美麗的小鎮，每一棟房子都蓋得自成一格，最重要的是城市綠化十分徹底，好像每個家裡都有不只一隻的綠手指，把自己的房子外觀、花園用花花草草裝飾得花團錦簇、綠意盎然。芷悅像著迷一樣每天去參觀一棟房子，興致一來，還去敲人家的門，用她的破英文和屋子裡的主婦談論花園裡的植物，旅程因此延長了一個月。

因為這個脫軌的旅行，回到台灣，她打電話去依晴工作的有機食材店，對方說依晴已經離職了，沒有聯絡方式。

打電話回小鎮老家問，家裡人也說不知道，「什麼，她換到有機食材店工作了？不是在組合家具賣場賣沙發嗎？」看來家裡人對依晴的行蹤還沒有芷悅清楚呢。依晴又沒有親近的朋友，芷悅很擔心會從此找不到依晴，台灣雖不大，一個人若想隱身其間，不讓人找到，也不太困難。

其實依晴並沒有不想讓芷悅找到啊，她根本不知道有人在找她，她不過是有機食材店的工作做煩了，想換一個新鮮的工作，如此簡單的理由。

有時候你想找一個人怎麼也找不到，有時候根本不可能遇見的場合卻遇上了，人與人的相遇常常一點道理也沒有。芷悅正煩惱著要怎麼找到依晴時，卻在大街上看見依晴走進一家婚紗店。也許就是註定要讓芷悅把依晴那美麗的模樣留在心底，才會讓她在這裡看見她。

芷悅本來不會在這個時候走到婚紗街的。她不需要逛婚紗街，也沒有需要陪伴挑婚紗的手帕交。這天原是要去工作，客戶家在紀念堂側門巷子裡，因為沒有公車直達，芷悅通常是搭計程車到客戶家門口，這天坐上的計程車司機路不熟，告訴他到紀念堂側門，到是到了，卻是另一個側門。而且圍著紀念堂都是單行道，司機不肯再繞，芷悅只好下車準備徒步穿越紀念堂，就在這個時候，站在公車站牌下四處一望，依晴的側臉映在玻璃櫥窗上，只看見一側臉頰的小酒渦卻依然那麼俏麗迷人。

芷悅打電話給客戶更改了訪談時間，如果冥冥中安排她們在此巧遇，機緣不容錯過。她等候半個小時才走進依晴所在的婚紗店，她和依晴沒見過幾次面，何況當時芷悅還是少女，她有把握依晴不會認出她來，依晴不是古怪的人，沒有人像芷悅古怪又執著，過了那麼多年還執意做著一件不知有何目的與意義的事。

那天回到家，芷悅在記事本裡寫下：今天在婚紗街遇見依晴，她正在試婚紗。穿著白紗的依晴像童話故事裡美麗的公主；脫下白紗，換上大紅喜服，鳳冠霞帔，依晴又是一個古裝美女，不管哪一種裝扮，有幸福的喜悅當胭脂塗抹在臉上，都是一個美麗的新娘。

11

「我沒有機會問依晴，她的人生和那件事的關聯，那麼你們呢？那年夏天之後的日子是否不一樣？如果人生是一條長遠的道路，那就是説，之後我們都走不回原來的道路了。之所以會這麼問，因為我自己就是，沒有太多選擇，走在另一條命運已經安排好的道路上。」和依晴不期而遇，喔，不該這麼説，她們並未相遇，只是芷悅不小心在茫茫人海中又把丟失的依晴尋回來，之後某一天，報紙的市政新聞版登了一則不大不小的新聞，標題是「沒有新郎相伴　新娘高樓躍下」，很爛的標題，很殘忍的事實。

清心冰坊的生意依舊很好，平常日的下午還是有許多空閒的人，或者並不空閒也能偷個空來吃一碗剉冰的人。

説著這些話的芷悅相信曾經發生過的事，是不可能被掩蓋，不可能毫無痕跡地被抹去的。她在住處不常看電視，雖然電視經常開著，電視裡的聲音不管是新聞主播報新聞或是電影音效或是劇情片中的人物的對話或是旅遊探險節目的旁白，對芷悅的功能只有一個，讓她知道她身邊還有許多人，跟她一樣真真實實存在著。

「那一次我不小心看到一齣歷史劇，講康熙皇帝的故事，看了五分鐘覺得還算有趣，有時走過電視機前，正在播出時，會停下來看一會兒，有兩個故事段落可以印證我的想法，一個是大臣李光地他少年時的輕薄往事，在他入閣為大學士時還被人拿來當把柄，威脅到他光明的宦途；另一個是大阿哥在親征葛爾丹時曾被俘，原本是一件他不說不會被揭曉的事，但他害怕終究會被康熙發現而自己先說出來。」

這句話之後，現場靜默著，總有一盤剉冰化掉一半那樣的時間，哲欣才接話題。

「芷悅你說話的方式和你寫的那些回憶錄的腔調都一樣啊。」

看到芷悅有點疑惑地蹙起眉頭，哲欣才又接著說：「你不知道我看過你寫的書是吧？過去這幾年，我經常泡在圖書館裡，我住的社區附近的小閱覽室，藏書也許不像大圖書館那麼多，想要全部看完也不是件容易的事，不過實在是我待的時間太長太久，想想看像一個上班族每天在辦公室要花的時間全泡在那兒，至少所有開架的書櫃上排列的書背我都讀過幾遍，也就是說書的內容不一定看過，但書名和作者我都是知道的。其中一排書櫃放著《曇德拉的禮物》、《青春小鳥——王洛賓傳奇》、《民國女子陸寒波傳奇》、《周恩來之路》、《雄霸天下的大謀略家——曹操》、《田裡的魔法師——西瓜大王陳文郁》，我看到了一本《蛻變——扎根台灣六十年》韓廷箴著，那正是你執筆的。」

「是嗎？我都不記得我寫過這本書了。」那個走過台灣一甲子的韓廷箴，芷悅陪他走過口述回憶錄的那半年，剩下的人生就交還給他自己過下去，這是芷悅對待自己的工作的態度。

「回到你問的問題，說真的，我已經忘了那年夏天打工的事，當然那個暑假是很特別的暑假，到工廠工作也是我至今唯一的一次經驗。我一直沒有告訴你們，我爸爸媽媽不知道我去工廠打工，若照實說，他們根本不可能答應。我撒了謊，說報名了高中暑期先修班，你們大概沒注意到我每天背著一個紅白條紋的大布包，裡面就放著換洗的外衣，在工廠工作難免一身汗，工廠制服我也不在家裡洗，而是假日送到洗衣店去。火警發生之後，我最害怕的是爸媽知道我去工廠打工，所以回到家後趕快把自己整理好，然後把整件事忘掉。

「我也真能忘得徹底，就像刪除某一筆電腦檔案，按一個刪除鍵，那個檔案就消失得乾乾淨淨，無痕無跡。接著我上高中，面臨高中考大學的聯考壓力，然後離鄉北上讀大學，出國讀書，回國工作，每天的日子像撕掉日曆一樣過一天算一天，最後一天打工發生的火警完全沒有回到我的記憶裡。不過那天鳳妃打電話來，雖然沒說要談火災的事，我不知怎麼卻覺得，有些影響是我不知道，並不代表沒有，譬如我得要亮著燈睡覺，我以為我一直是這個習慣，現在才記起小時候媽媽帶我上床，幫我蓋好棉被，關了燈闔上房門，所以我是關燈睡覺的。我想，遇到斯翰發生的這一連串事，也許也是因為這件事有我必須承擔的部分。」

相較於哲欣的「徹底遺忘」，鳳妃說她是嚇得逃離小鎮的。

「那年高中聯考我本來就考得不算太好，不過升學班的墊底成績還是可以拿成績單申請就讀私立高職。我找了一間離家最偏、最遠，成績排名最後面，從來沒聽過校名的學校報到，就在台灣最北邊尖尖角的海邊。那三年根本沒在讀書，每天渾渾噩噩過日子。翻過學校的圍牆就是海，我常蹺課跑到海邊坐在岩石上看海，因此認識了在海邊自己蓋了一棟木屋的藝術家，我那時一心一意要走反方向的路，是我跟他求婚的，若不是他怕擔上誘拐未成年少女的罪名，說不定結婚登記都省了，兩個人住在木屋裡。過了半年，我厭倦了荒僻單調的海邊生活，就說，我們離婚吧。然後離開尖尖角，回到城市裡，找到補習班的工作，在城市住下來了。」

其實大家都知道，因為那件事，不管是哲欣、鳳妃或芷悅，都只能把自己縮起來，最好縮到連自己都看不見。

那麼芳荷呢，她本來應該只是路人中，不小心闖進去拍戲現場，於是留下來充當臨時演員，只是臨時演員嗎？

「去廣隆幫依晴代班，甚至不是她自己來拜託的。某天志民從親戚家回來，告訴我有個表妹要結婚了，需要人代班，那時我剛從鎮上又搬回婆家住。我跟依晴之前也沒說過幾句話，到廣隆那天上午，見面第一句話好像是說，表嫂，我有喝你的喜酒喔。那時她應該是國中剛畢業吧，我當然不記得……

「事情發生後，我回到家，怎麼回家的？忘了。我先生坐在沙發上看電視，好像問了一句，今天大掃除嗎，怎麼弄得這麼髒？我沒回答他，也去坐在沙發上，手裡拿著應該也是髒兮兮的手帕無意識地扭轉著，當時我好想哭，可是沒有一個可以倚靠在上頭哭泣的肩膀。不知道過了多久，我先生說，咦，怎麼不去煮飯？對，煮飯，該煮飯了。我站起來，走進廚房，開始每天傍晚日復一日的例行公式。那件事就算過了，我甚至沒有想到現場應該是幾個人，我只認識依晴啊。

「也許是晚間新聞播出了廣隆失火的事，志民臨睡前問了一句，你幫表妹代班的公司叫什麼名字？是叫廣隆嗎？志民在我身旁躺下，我裝成睡熟了，沒有理會他，反正這是個不需回答的問題。在我裝睡裝得進入狀況開始意識模糊時，一個念頭閃過，明天，又是新的一天嗎？」

芷悅呢，你和興姊最要好，她沒有從倉庫走出來，你一定很傷心吧？四人坐在清心冰坊正中央的方桌上，各據了方桌的一角，另外三人這時都看著芷悅，等著聽她的說法。

芷悅直到這時才能去碰觸那層層包裹鎖在內心深處的祕密，和她心中那另一個祕密一起藏得密密實實。她一直認為媽媽會離開一定是因為她的緣故，媽媽不喜歡她，又不能把她丟掉或再塞回肚子裡當作沒出世，只好選擇自己離開，等到發現紫月姊姊的存在時，她更相信是因為自己沒把姊姊替身扮演好，於是媽媽失望地走了。那麼與姊呢，與姊一直護衛著她，她卻在緊要關頭沒有反過來保護她，芷悅啊，你要怎麼償還你欠與姊的呢？

「我那天回到家，躲進房間裡，窗簾緊拉、不開燈一絲光亮都沒有的房間裡，蒙頭大睡，不知睡了多久，爸爸開門進來好幾次，問我要吃東西要喝水嗎？我都沒回應，只是睡，睡得昏昏沉沉睡得全身乏力，真想就這樣睡著永遠不要醒來，不過當然醒來了，肚子餓極了，想上廁所了，只好醒來、起床，感覺死過一次，就當喝過孟婆湯，什麼都忘了。」

當然不是真忘，祕密自己會長大，一點一點地從心底深處擴散開來，迫使芷悅流連機場、墓園，以及追尋著另外四人的下落，那一天一天長大的祕密終於成人，坦蕩蕩地站立在陽光下，她再也不能漠視它的存在，於是她撥了給鳳妃的電話。

12

飛飛回去了，去找信男。芷悅看著飛飛打那通電話，她還是習慣叫她鳳妃，她也擔心飛飛說要打電話只是敷衍，一轉身就忘了又繼續逃避，也只有芷悅可以這樣對她，她從小就照顧她身邊的人，現在還是一樣。

飛飛行李才剛放下，信男就來了。他按了門鈴，門鈴聲對飛飛很陌生，她一直以為門鈴壞了，或者根本就沒有門鈴，因為很少響，連偶爾來交代開里民大會的鄰居都找不到門鈴而用力敲門。那個躲在門邊牆上一個看起來像一隻死掉蒼蠅的黑色按鈕，沒有人會想到那是門鈴。可是這門鈴聲音真好聽，像清晨的鳥鳴，既清新又充滿希望。

信男帶了一支香檳，從櫃子裡拿出高腳杯，倒了兩杯，金黃色的液體在杯子裡冒著小小小小的汽泡。

「我們要慶祝什麼？」飛飛笑著用拇指與食指捏著酒杯輕輕搖晃。

「慶祝我們的婚禮。」信男太高興了，分開一個月，讓他知道他有多想念飛飛，這次他不會再讓她走開。

但是飛飛說，「不要婚禮——」幸好她這句話和下一句話停頓的時間很短，短到信男還不至於想到飛飛又要變卦，「我們不必辦婚禮，我知道你愛我，我也知道我想跟你在一起，這就夠了，我已經三十五歲了，我們想要養孩子得加緊腳步。」

「我們舉杯慶祝終於有人跟我求婚吧。」飛飛仰頭乾掉一整杯香檳，她還有很多話要跟信男說，二十年前的那個夏天，以及接下來的二十年，不過，不急著今天說。

哲欣呢？芷悅陪她去找斯翰。

「你確定要這麼做？畢竟他欺騙了你。」哲欣一度以為斯翰就是個詛咒，因為那個夏天發生的事，於是命運詛咒她，派個年輕男人來讓她狠狠地傷一回心。芷悅想到這一點就覺得好笑，若真是懲罰怎麼會這麼輕微，相較於芷悅二十年來沒有一天安枕，不允許自己過一天幸福的日子，為一個男人傷心的懲罰太輕太溫柔了。

「當然要這麼做，我一點都不怪他，是我自己心甘情願把錢奉上的，何況他是我的第一個男朋友。」

毫無目標要在偌大的寶島尋找一個人談何容易，哲欣不擔心，她知道一定可以找到，因為有芷悅陪著。芷悅說找得到就是找得到，哲欣從小就這麼相信著，現在也是。

另外那個和她們不太熟的芳荷，回去過自己的人生。經過這天，她彷彿懂了些什麼，那地板是怎麼傾斜的原因，只是要如何把傾斜的地板扶正，她還沒有想懂。芳荷這個年紀的人是不會去想人生啊、選擇啊什麼的，就是過日子，一天一天，一月一月，一年一年，一直走到自己都不知道何時何地到來的盡頭。她也許漸漸能理解芊芊為什麼不滿意自己的人生，但是她無能為力，她連自己的人生都無法應付，已經沒有力氣與能力去關注芊芊的人生了。也許她得一直和那傾斜的地板抗衡，那又如何呢？這就是命運，芳荷的命運。

13

芷悅回去探望父親，她並沒有忘記自己該做的事。

也許父親並不需要她的探視，不過，她願意相信父親看到她時露出的笑容是真誠的。父親過得很幸福，他在那些追求他的女性中選擇了現在這位美麗而年輕的女子，兩個人過著幸福美滿的日子。看到白阿姨時，芷悅還是會想到母親，想到如果母親還在，他們一家三口在一起那有多好！只是一下下，只想那麼一下下，芷悅就把那想法拋到腦後，母親已經離開很久了，已經走遠了，她也應該讓母親自由。

只有詩人寫得出自由究竟是怎樣的甜美和喜悅。芷悅在書上看過這樣的句子，不過不必詩人形容，親身經歷過的人都知道自由是怎麼一回事，原本你困在裡面，現在你可以選擇走出去，或者繼續待在裡面，這就是自由。

不是預感，不是超直覺，芷悅真切感覺到大家終於自由了。

後記

我的專業作家生涯

林黛嫚

從前一起開始寫作的朋友……從前，計數單位不是一年、兩年，而是十年，二十年……大約都有過專業作家的夢想吧。寫作是自己最喜歡（也可能最擅長）的事，能夠做自己喜歡的事，也能有相當的報酬來支持這件喜歡的工作，這當然是夢想。K君在大學剛畢業後，到頗富盛名的私立中學教書，這所私立中學以高升學率聞名，對教師的嚴格要求也很出名，以當國文老師為例，一學期要讓學生寫多少篇作文，每篇作文批改得有多少眉批、幾行評語都有嚴格的制式規定，據說曾有中文系剛畢業的國文老師壓力大到邊改作文邊哭。K君專長不是國文，但狀況應該也好不到哪去，他教了一年之後，出版了第一本小說集，決定辭去工作，做一個專業作家，開始專心寫作；Y君做的是和文字相關的編輯工作，在小說集出版後，受到矚目，又有許多演講邀約，便也辭去編輯工作，專事寫作……

所謂專業作家，就是專職寫作的人，因此「專業作家」是一種職業，但是在我的理解裡，作家很多，專業作家很少。

第一本長篇小說《意難忘》便成為暢銷書，奠定文壇地位的張漱菡以寫作為畢生職志，婚前就徵得未婚夫同意，婚後不生育兒女，把愛與才華、青春與生命都獻給了她鍾愛的文學。再看一些作家的簡歷，林清玄，曾任台灣《中國時報》記者、《工商時報》記者、《時報雜誌》主編等職，現職專業作家；亦舒，曾在《明報》任職記者，及擔任電影雜誌採訪和編輯等，也曾任職富麗華酒店公關部，後進入政府新聞處擔任新聞官，現為專業作家；黃凡，出生於台北市萬華區，畢業於中原理工學院工業工程學系，曾任職於貿易公司、食品工廠，後專職寫作；彰化縣籍作家九把刀也是專業作家……當然也有靠著微薄稿費清苦度日的專業作家，但如果寫作能支撐生活，辭去工作，專職寫作，讓志趣與職業結合，對每一位作家來說，都是美好的想像吧。記得當我出版第一本書成為「作家」之後，第一次參加文學活動，出席的都是作家，每個人介紹自己時，不是介紹自己寫什麼文類、出版了哪些作品，而是介紹自己在哪裡工作，我在國小任教，我寫作；詩人余光中老師是中山大學教授，散文家曉風老師任教於陽明大學，小說家鄭清文在銀行做事，幾乎所有作家都有一份職業。

寫作為業，當個專業作家並不是一件容易的事。

以張貴興為例，他是馬來西亞作家，畢業後沒有馬上去教書，卻跑去宜蘭礁溪娘家棄置的舊房子待了五年，寫出了《薛理陽大夫》，稿費加版稅所得至多五、六萬吧？一個專業作家如果不能過簡樸的生活，如何繼續創作呢？張貴興那時說，他還好是單身，如果結婚了該怎麼辦？最後，果真還是回到台北市謀教職；出版人陳雨航從小立志要做個專業作家，因此在報社工作五年之後，就決定離職。離職後，每天待在家裡，只寫了一篇短篇小說。且因為自我管理能力太低，時常去開冰箱——並不是要找吃的東西，而是心理恐慌及壓力伴隨而來。一方面因為自己已有妻小，一方面是他一直感覺會再重回職場，在害怕落伍的情況下，半年之後，就又回到時報出版上班。

中國大陸有專業作家制度，由官方供養，但這種制度實施至今，到底有多少作家入列，受官方供養的作家實際上從事寫作的有多少人？這種制度的利弊得失等等經常有人討論，官方作家王蒙就曾說：「生活與創作的關係，生活是主體，在先，然後是創作，但是對於『專業作家』來說，似乎寫作才是主體，而且一個所謂專業作家的代表作，恰恰是沒當專業作家之時寫出來的，而當了專業作家之後，幾十年過去了，乏善可陳。」即使在逐漸資本取向的廿一世紀的今天，也常有作家反映其實大部分的「專業作家」是「有專業作家之實，沒有專業作家的收入」。

獲得二〇一四年曼布克獎的澳洲作家理察．弗拉納根（Richard Flanagan），費時十年完成得獎作品《通往北方深處的窄路》（*The Narrow Road to the Deep North*）。因無力養家，弗拉納根過去差點當上礦工。曼布克獎揭曉那週，得獎作在英國的銷量從三百一十六冊攀升至一萬餘冊，遠高於他過去十年作品的銷售總額。被問到要如何處理獎金，他無奈表示：「過活用。」可見寫作很難成為一個謀生手段，不僅只是台灣作家的處境。

K君和Y君做不了多久的專業作家，便又回到職場，出版市場、稿費版稅收入等經濟問題之外，還有寫什麼、為什麼而寫的問題，不過，當時我是十分羨慕他們能把自己喜歡的事當成工作來做。

這樣的羨慕，終於有「美夢成真」的時刻。二〇一三年初，博士論文寫完，通過論文口試，拿到博士學位之後，生活突然陷入一種奇特境地，仍然沒有專職工作，又不必修課、讀書、和眾多論文資料搏鬥……原本為了修讀學位付出的大把大把時間要做什麼呢？

知道我在謀求專任教職而尚未有結果的一位編輯人對我說，台灣又不缺國文教師，意思是台灣缺小說家，尤其是我這一位小說家。我其實覺得台灣也不缺小說家，那麼多人在寫作而那麼少人在讀小說，不過我想起了剛開始寫作時那個羨慕的夢想，於是我想，那麼，開始我的專業作家生涯吧。

因為寫論文而養成每天背著一整袋書去圖書館的習慣持續著，只是不必再背一大袋書，提袋裡裝著筆電、水杯、鑰匙、手機和少許現金，專業作家出門去，朝九晚五。

朋友說給我聽的故事，知名導演盧貝松說創作劇本就像健身一樣，比方說，每天固定練習兩小時，一開始看不出成效，全身痠痛，但持續一個月後慢慢感覺肌肉有了強度，身形出來了，兩個月後所有的成果變得美好，三個月後可能已可以讓人羨慕了，於是覺得應該慶祝一番，所以放三個月長假大吃大喝。假期結束，一切都毀了，必須又從頭開始鍛鍊。盧貝松他天天都得練身體，沒有放縱的長假。

過去一年半，除了固定兼課以及偶爾的文學活動之外，我幾乎天天健身八小時甚至更多，《單獨的存在》便是持續健身後的產品。是否有令人羨慕虎虎生風的傲人成果？至少我相信我會記得這一段，我的專業作家生涯。

林黛嫚寫作大事記

一九八一年　第一篇散文〈冬念〉獲得第一屆全國學生文學獎高中組散文佳作，《中央日報》和《明道文藝》合辦，當時就讀台北市立女師專三年級。

一九八二年　女師專三年級的暑假，第一篇小說〈紅門〉，發表在《台灣日報．副刊》，接連所寫的〈兩岸〉、〈望盡天涯路〉、〈暮〉等，大多發表在《台灣日報．副刊》及《中華日報．副刊》。

一九八五年　五月，以〈最後一段〉獲得第五屆全國學生文學獎大專小說組首獎。

一九八六年　八月，出版第一本書短篇小說集《也是閒愁》，希代書版有限公司出版。

一九八七年　十月，短篇小說集《閒愛孤雲》，希代書版有限公司出版。
一九八八年　十月，短篇小說集《黑白心情》，希代書版有限公司出版。
一九八九年　十月，短篇小說集《閒夢已遠》，希代書版有限公司出版。
一九八九年　十月，短篇小說集《閒人免愛》，希代書版有限公司出版。
一九九一年　電影小說《善意的背叛》，幼獅文化事業有限公司出版。
一九九二年　電影小說《鋼琴師和她的情人》，幼獅文化事業有限公司出版。
一九九三年　以散文〈本城女子〉獲第五屆梁實秋文學獎；五月，報導文學集《與成功同行》，文經出版社出版。
一九九四年　七月，散文集《本城女子》，皇冠出版社出版。
一九九六年　二月，傳記書《我心永平——連戰從政之路》，天下文化出版有限公司出版。
一九九七年　八月，長篇小說《今世精靈》，九歌出版社出版，二〇〇二年改換書名《超感應魔女之謎》重新出版。
一九九九年　二月，散文集《時光迷宮》，健行出版社出版，是《自由時報·花編副刊》專欄結集。

二〇〇〇年 三月，發表在《中國時報·人間副刊》的短篇小說〈平安〉，收錄於陳義芝主編九歌版《八十九年度小說選》；四月，童書《奇奇的磁鐵鞋》出版，三民書局出版。

二〇〇一年 三月，編選親情散文《阿爸的百寶箱》、《媽媽剝開青橘子》，幼獅文化事業有限公司出版。

二〇〇三年 二月，編選年度小說選《復活——八十九年—九十一年年度小說選》，爾雅出版社出版。與向陽、蕭蕭合編《台灣現代文選》，三民書局出版。

二〇〇三年 三月，九歌出版社編印八大冊《中華現代文學大系》，散文〈孤獨的理由〉及小說〈平安〉分別入選。

二〇〇四年 四月，長篇小說《平安》，二魚文化事業有限公司出版；五月，編選文學讀本《台灣現代文選小說卷》，三民書局出版。

二〇〇五年 五月，散文集《你道別了嗎？》，三民書局出版，二〇〇六年以此書獲中山文藝獎散文獎。

二〇〇八年　九月，和廖玉蕙、陳義芝、周芬伶共同編選散文新四書，主編首卷《春之華》，三民書局出版。

二〇〇九年　出版《李行的本事》，是導演李行第一本授權傳記。

二〇一一年　十二月，中華民國筆會編選二十世紀台灣文學精選中英對照，計有《回首塵寰》、《八音弦外》、《旅夜書懷》、《書劍波瀾》四卷。

二〇一二年　六月，編選勵志散文《多夢的人生》、《從傾城到黃昏》，幼獅文化事業有限公司出版。

二〇一二年　十二月，短篇小說集《粉紅色男孩》，由聯合文學出版社出版。

二〇一四年　四月，作品〈親密與陌生〉入選《台灣與馬來西亞短篇小說選》，翻譯為英文與馬來西亞文，由中華民國筆會與馬來西亞國家翻譯主辦。

二〇一五年　六月，長篇小說《單獨的存在》，由九歌出版社出版。

九歌文庫 1194

單獨的存在

作者　林黛嫚
責任編輯　張晶惠
創辦人　蔡文甫
發行人　蔡澤玉
出版發行　九歌出版社有限公司
臺北市105八德路3段12巷57弄40號
電話／02-25776564・傳真／02-25789205
郵政劃撥／0112295-1
九歌文學網　www.chiuko.com.tw
印刷　晨捷印製股份有限公司
法律顧問　龍躍天律師・蕭雄淋律師・董安丹律師
初版　2015（民國104）年6月
定價　280元

書號　F1194
ISBN　978-986-450-001-7
（缺頁、破損或裝訂錯誤，請寄回本公司更換）

國家圖書館出版品預行編目資料

單獨的存在 / 林黛嫚著. -- 初版.-- 臺北市：
九歌, 民104.06
面 ；14.8×21公分. --（九歌文庫；1194）

ISBN 978-986-450-001-7（平裝）

857.7　　104007366